中華古籍保護計劃

ZHONG HUA GU JI BAO HU JI HUA CHENG GUO

·成果·

宋本嘉祐集

（宋）蘇洵　撰

國家圖書館出版社

圖書在版編目(CIP)數據

宋本嘉祐集 / (宋)蘇洵撰. —北京:國家圖書館出版社,2019.8
(國學基本典籍叢刊)
ISBN 978-7-5013-6792-4

Ⅰ.①宋… Ⅱ.①蘇… Ⅲ.①古典散文—散文集—中國—宋代
Ⅳ.①I264.4

中國版本圖書館 CIP 數據核字(2019)第 107766 號

書　　名　宋本嘉祐集
著　　者　(宋)蘇洵　撰
責任編輯　張慧霞
封面設計　徐新狀

出版發行　國家圖書館出版社(北京市西城區文津街7號　100034)
(原書目文獻出版社　北京圖書館出版社)
010-66114536　63802249　nlcpress@nlc.cn(郵購)
網　　址　http://www.nlcpress.com
印　　裝　北京市通州興龍印刷廠
版次印次　2019年8月第1版　2019年8月第1次印刷

開　　本　880×1230(毫米)　1/32
印　　張　8.5
書　　號　ISBN 978-7-5013-6792-4
定　　價　25.00 圓

《國學基本典籍叢刊》編委會

《國學基本典籍叢刊》前言

國家圖書館出版社（原書目文獻出版社 北京圖書館出版社）成立三十多年來，出版了大量的中國傳統文化典籍。由於這些典籍的出版往往採用叢書的方式或綫裝形式，供公共圖書館和大學圖書館典藏使用，普通讀者因價格較高、部頭較大，不易購買使用。爲弘揚優秀傳統文化，滿足廣大普通讀者的需求，現將經、史、子、集各部的常用典籍，選擇善本，分輯陸續出版單行本。每書之前均加簡要説明，必要者加編目録和索引，總名《國學基本典籍叢刊》。歡迎讀者提出寶貴意見和建議，以使這項工作逐步完善。

編委會

二〇一六年四月

序　言

蘇洵（一〇〇九—一〇六六），字明允，眉州眉山（今屬四川）人。史載其年二十七始發憤爲學，後屢試不中。宋仁宗嘉祐初年，携二子軾、轍至京師，爲歐陽修、韓琦諸公薦於朝，以軾、轍同擢高第，父子三人名動京師，『學士大夫莫不人知其名，家有其書』（曾鞏《蘇明允哀詞》），蘇氏文章乃聞名於世。洵除試秘書省校書郎，會太常修纂禮書，即以霸州文安縣主簿與陳州項城令姚闢同修《太常因革禮》一百卷，書成方奏而歿，享年五十八歲。

蘇洵是『唐宋八大家』之一，在我國文學史上占據重要地位。唐宋八大家，宋占其六，而蘇氏父子又獨居其半，蘇洵之功至偉，人稱『老蘇』。他的文章文風弘肆，議論斬截，注重實際而善於權變，頗具戰國縱横家之風，歐陽修即謂『其論議精於物理而善識變權，文章不爲空言而期於有用』，『辭辯閎偉，博於古而宜於今，實有用之言，非特能文之士也』（《薦布衣蘇洵狀》），充分肯定蘇洵文章在當時的現實價值。所撰政論、經論、史論諸篇尤具識見，曾鞏譽之云：『其指事析理，引物托喻，侈能盡之約，遠能見之近，大能使之微，小能使之著，煩能不亂，肆能不流。其雄壯俊偉，若决江河而下也；其輝光明白，若引星辰而上也。』（《蘇明允哀詞》）在八大家中獨成一格而影響二子。蘇軾文章汪洋恣肆的一面，顯受父親影響。蘇洵存詩較少，論者或謂其短於詩，陳師道就記載『世語云：蘇明允不能詩』（《後山詩話》），然亦有稱贊其詩『精深有味，語不徒發，正類其文』（葉夢得《石林詩話》卷下）者，則各有所見爾。

蘇洵文集存世宋刻者有《嘉祐集》、《類編增廣老蘇先生大全文集》（殘）、《東萊標注老泉先生文集》、《重廣眉山三蘇先生文集》（殘）、《三蘇先生文粹》、《標題三蘇文》諸種，除前兩種外皆爲選集，故其詩文以《嘉祐集》收録最多、流傳最廣。《嘉祐集》歐陽修、曾鞏、張方平所作碑志、哀辭均署二十卷，然南宋陳振孫《直齋書録解題》著録《老蘇嘉祐集》十五卷，晁公武《郡齋讀書志》、馬端臨《文獻通考》、《宋史·藝文志》諸書均同，或二十卷本至南宋時即已亡佚，而流傳於時者爲十五卷本。是集元代無刻本，明代則刻本衆多，卷數亦紛紜無定，有十五卷本（如嘉靖太原府《重刊嘉祐集》）、十六卷本（如萬曆《蘇老泉先生全集》）、二十卷本（如黄燦、黄煒貢堂刻本《重編嘉祐集》）、十三卷本（如凌濛初朱墨套印本《蘇老泉文集》）、十四卷本（如巾箱本《蘇老泉嘉祐集》）等各種。至清代以二十卷本爲通行，然各本差異亦大，具代表性者有康熙邵仁泓安樂居刻本、道光三蘇祠刊《三蘇全集》本等。要之，《嘉祐集》宋本罕覯，而明清刻本至多，各本編次收録作品多寡不一，次序有異。關於此集諸本概況，可參考祝尚書《宋人別集叙録》、王嵐《宋人文集編刻流傳叢考》相關章節，茲不贅述。

本書十五卷，藏於上海圖書館，是《嘉祐集》唯一存世的宋刻本，高十五點二厘米，寬十點五厘米，每半葉十四行，行二十五字，白口，左右雙邊，單魚尾，一般認爲乃蜀刻小字本（傅增湘以爲乃婺州小字本，見《藏園群書題記》卷十三《顧千里校嘉祐集跋》，似無據）。鈐有『尺月樓』『漢卿珍藏』『鏡汀』『澂印』『徐健菴』『乾學』『丕烈』『蕘夫』『汪士鐘印』『閬源真賞』『松年』『雀儕讀過』『昌遂』等印，曾經清徐乾學、黄丕烈、汪士鐘、于昌遂等人遞藏，有黄丕烈、喬松年跋，馮譽驥觀款。全書多有批抹，清初蔣杲（篁亭）曾據是書對校他本，黄丕烈《蕘圃藏書題識》卷八指出『宋刻中有墨筆所改所增者，皆篁亭筆』，然全書增改文字也非皆蔣氏所爲，蕘圃又云：『卷十三《蘇氏族譜》「子洵」下，宋本爲妄人增「軾轍」二字，篁亭未及細審，校云「從宋本增」，當誤爲。非親見宋刻，何由知之？』同時感慨：『通體塗抹，尚爲宋人讀本標舉眼目，遇宋諱皆以朱筆圈其字，亦足證版刻之前，故所避不廣，皮相者以爲大疵，非真知宋本之妙者。』則全書塗抹增改之筆，手出衆人，非一時一人所爲，清初已然。

本書偶有殘缺，所缺爲目録第一、二葉，卷七第九葉，卷十五《送陸權叔提舉茶税》以下七題詩作；所殘則以卷十五所收詩歌最嚴重，除《雲興於山》《有驥在野》《朝日載昇》《我客至止》四首外，其餘諸詩多有缺字。所收老蘇詩文，亦難稱完備。即以之與《類編增廣老蘇先生大全文集》殘卷比，詩歌即少二十餘首。文章《史論》與他本比，則缺《史論下》（本書所署『下』，實他本之『中』），特别是未收蘇洵名作《辨奸論》，留給了後人不少猜疑。但是瑕不掩瑜，作爲唯一存世的《嘉祐集》宋刻本，其價值不容輕視，後世諸多版本多有祖此本者。即如流傳較廣的《四部叢刊》本（無錫孫氏小緑天藏景宋巾箱本），校勘一過，即知顯從此本鈔出，所缺完全一致。而《叢刊》本偶有鈔寫致誤者，又稍遜此本。如卷一《審勢》『所以裁節天下强弱之勢也』，《叢刊》本錯『裁』爲『我』，『而威王又齊之賢王也』，《叢刊》本錯『又』爲『久』，『趙魏衛盡走請和』，《叢刊》本錯『請』爲『諸』，『嚴用刑法而不赦有罪』，《叢刊》本錯『刑』爲『將』，『變其小節而參之以惠』，《叢刊》本錯『參』爲『矣』等等，本書均不誤，其可寶處也可見矣。

本書《古逸叢書三編》《中華再造善本》《宋集珍本叢刊》等叢書曾收録影印，然均屬大型古籍叢書，一般讀者購藏不便，今國家圖書館出版社將之收入《國學基本典籍叢刊》，平裝影印，方便讀者，因綴數語，聊充前言。

侯體健

二〇一九年七月

目録

卷三

卷四

卷五

卷六

卷七

卷十五

據上海圖書館藏宋刻本影印原書版框高十五點二厘米寬十點五厘米

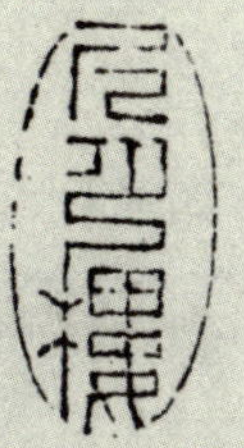

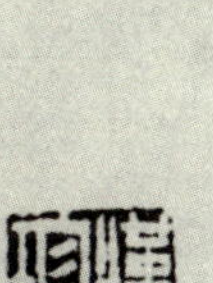

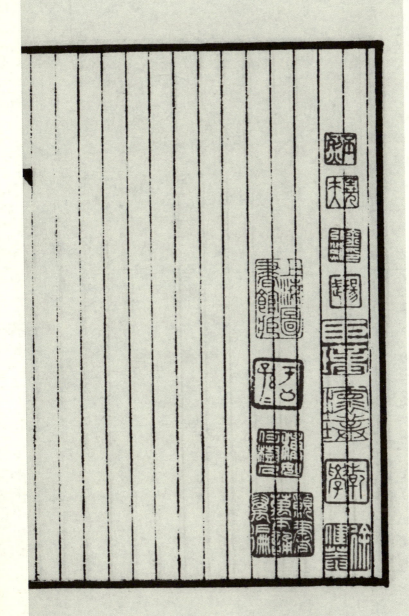

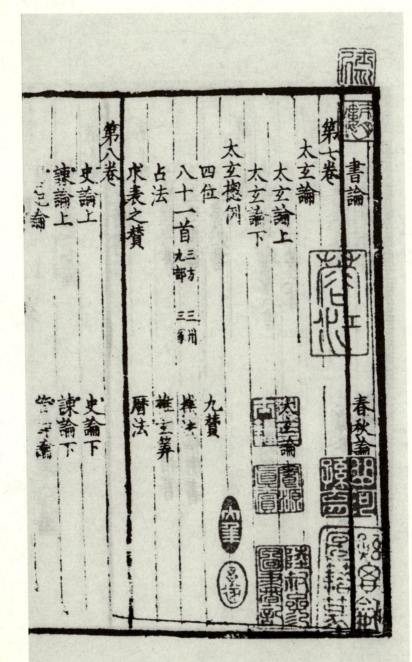

第十五卷

雜詩

嘉祐集目錄

同治十一秊二月乙卯翔高要馮蕢觀

嘉祐集卷第一

趙郡蘇　洵

幾策

審勢

治天下者定所上所上一定至於萬千年而不變使民之耳目純於一而子孫有所守易以爲治故三代聖人其後世遠者至七八百年夫豈惟其民之不忘其功以至於是蓋其子孫得其祖宗之法而爲據依可以永久夏之上忠商之上質周之上文視天下之所宜上而固執之以此而始以此而終不朝文而暮質以自潰亂故聖人者出必先定一代之所上周之世蓋有周公爲之制禮而天下遂上文後世有賈誼者說漢文帝亦欲先定制度而其說不果用今者天下幸方治安子孫萬世帝王之計不可不預定於此時然萬世帝王之家常先定所上使其子孫可以安坐而守其舊至於政弊然後變其小節而其大體卒不可革易故享世長遠而

民不苟簡今也考之於朝野之間以觀國家之所上者而愚猶有惑也何則天下之勢有強弱聖人審其勢而應之以權勢強矣強甚而不已則折勢弱矣弱甚而不已則屈聖人權之而使其甚不至於折與屈者威與惠也夫強甚者威竭而不振弱甚者惠褻而下不以爲德故處弱者利用威而處強者利用惠乘強之威以行惠則惠尊乘弱之惠以養威則威發而天下震慄故威與惠者所以裁節天下強弱之勢也然而不知強弱之勢者有殺人之威而下不懼有生人之惠而下不喜何者威竭而惠褻故也故有天下者必先審知天下之勢而後可與言用威惠不先審知其勢而徒曰我能用威我能用惠者末也故有強而益之以威弱而益之以惠以至於折與屈者是可悼也譬之一人之身將欲乳藥餌石以養其生必先審觀其性之爲陰其性之爲陽而投之以藥石藥石之陽而投之陰藥石之陰而投之陽故陰不至於涸而陽不至於亢苟不能先審觀已之爲陰與已之爲陽而以陰攻陰以陽攻陽

則陰者固死於陰而陽者固死於陽不可救也是以善養身者先
審其陰陽而善制天下者先審其強弱以爲之謀昔者周有天下
諸侯太盛當其盛時大者已有地五百里而畿內反不過千里其
勢爲弱秦有天下散爲郡縣聚爲京師守令無大權柄伸縮進退
無不在我其勢爲強然方其成康在上諸侯無小大莫不臣伏弱
之勢未見於外及其後世失德而諸侯禽奔獸遁各固其國以相
侵攘而其上之人卒不悟區區守姑息之道而望其能以制服強
國是謂以弱政濟弱勢故周之天下卒斃於弱秦自孝公其勢固
已驕驕焉日趨於強大及其子孫已并天下而亦不悟專任法制
以斬撻平民是謂以強政濟強勢故秦之天下卒斃於強周拘於
惠而不知權秦勇於威而不知本二者皆不審天下之勢也吾宋
制治有縣令有郡守有轉運使以大系小絲牽繩聯總合于上雖
其地在萬里外方數千里擁兵百萬而 天子一呼於殿陛間三尺
豎子馳傳捧詔召而歸之京師則解印趨走唯恐不及如此之勢

秦之所恃以強之勢也勢強矣然天下之病常病於弱噫有可強之勢如秦而反陷於弱者何也習於惠而怯於威也惠太甚而威不勝也夫其所以習於惠而惠太甚者賞數而加於無功也怯於威而威不勝者刑弛而兵不振也由賞與刑與兵之不得其道是以有弱之實著於外焉何謂弱之實曰官吏曠惰職廢不舉而敗官之罰不加嚴也多贖數赦不問有罪而典刑之禁不能行也冗兵驕狂負力幸賞而維持姑息之恩不敢節也將帥覆軍走馬不返而敗軍之責不加重也羌胡強盛陵壓中國而邀金繒增幣帛之恥不爲怒也若此類者大弱之實也久而不治則又將有大於此而遂浸微浸消釋然而潰以至於不可救止者乘之矣然愚以爲弱在於政不在於勢是謂以弱政敗強勢今夫一輿薪之火衆人之所憚而不敢犯者也舉而投之河則何熱之能爲是以負強秦之勢而溺於弱周之弊而天下不知其強焉者以此也雖然政之弱非若勢弱之難治也借如弱周之勢必變易其諸侯而後強

可能也天下之諸侯固未易變易此又非一日之故也若夫弱政則用威而已矣可以朝改而夕定也夫齊古之強國也而威王又齊之賢王也當其即位委政不治諸侯並侵而人不知其國之爲強國也一旦發怒裂萬家封即墨大夫召烹阿大夫與常譽阿大夫者而發兵擊趙魏衛趙魏衛盡走請和而齊國人人震懼不敢飾非者彼誠知其政之弱而能用其威以濟其弱也況今以天子之尊藉郡縣之勢言脫於口而四方響應其所以用威之資固已完具且有天下者患不爲焉有欲爲而不可者今誠能一留意於用威一賞罰一號令一舉動無不一切出於威嚴用刑法而不赦有罪力行果斷而不牽衆人之是非用不測之刑用不測之賞而使天下之人視之如風雨雷電遽然而至截然而下不知其所從發而不可逃遁朝廷如此然後平民益務檢慎而姦民猾吏亦常恐恐然懼刑法之及其身而斂其手足不敢輒犯法此之謂強政政強矣爲之數年而天下之勢可以復強愚故曰乘弱之惠以養威則威

發而天下震慄然則以當今之勢求所謂萬世爲帝王而其大體卒不可革易者其上威而已矣或曰當今之勢事誠無便於上威者然孰知夫萬世之間其政之不變而必曰威邪愚應之曰威者君之所恃以爲君也一日而無威是無君也久而政弊變其小節而參之以惠使不至若秦之甚可也舉而弃之過矣或者又曰王者任德不任刑任刑霸者之事非所宜言此又非所謂知理者也夫湯武皆王也桓文皆霸也武王乘紂之暴出民於炮烙斬刖之地苟又遂多殺人多刑人以爲治則民之心去矣故其治一出於禮義彼湯則不然桀之德固無以異紂然其刑不若紂暴之甚也而天下之民化其風淫惰不事法度書曰有衆率怠弗協而又諸侯昆吾氏首爲亂於是誅鋤其強梗怠惰不法之人以定紛亂故記曰商人先罰而後賞至於桓文之事則又非皆任刑也桓公用管仲仲之書好言刑故桓公之治常任刑文公長者其佐狐趙先魏皆不說以刑法其治亦未嘗以刑爲本而號亦爲霸而謂湯非

王而文非霸也得乎故用刑不必霸而用德不必王各觀其勢之
何所宜用而已然則今之勢何爲不可用刑用刑何爲不曰王道
彼不先審天下之勢而欲應天下之務難矣

○審敵

中國內也四夷外也憂在內者本也憂在外者末也夫天下無內
憂必有外懼本既固矣盍釋其末以息肩乎曰未也古者夷狄憂
在外今者夷狄憂在內釋其末可也而愚不識方今夷狄之憂爲
末也古者夷狄之勢大弱則臣小弱則遁大盛則侵小盛則掠吾
兵良而食足將賢而士勇則患不及中原如是而曰外憂可也今
蠻夷姑無望其臣與遁求其志止於侵掠而不可得也北胡驕恣
爲日久矣歲邀金繒以數十萬計曩者幸吾有西羌之變出不遜
之語以撼中國天子不忍使邊民重困於鋒鏑是以虜日益驕而
賄日益增迨今凡數十百萬而猶慊然未滿其欲視中國如外府
然則其勢又將不止數十百萬也夫賄益多則賦斂不得不重賦

斂重則民不得不殘故雖名爲息民而其實憂其死而殘其生也
名爲外憂而其實憂在内也外憂之不去聖人猶且恥之内憂而
不爲之計愚不知天下之所以久安而無變也古者匈奴之強不
過冒頓當暴秦刻剥劉項戰奪之後中國溘然矣以今度之彼宜
遂入踐中原如決大河潰蟻壤然卒不能越其疆以有吾尺寸之
地何則中原之強固百倍於匈奴雖積衰新造而猶足以制之也
五代之際中原無君晉瑭苟一時之利以子行事匈奴割幽燕之
地以資其強大孺子繼立大臣外叛匈奴掃境來寇兵不血刃而
京師不守天下被其禍匈奴自是始有輕中原之心以爲可得而
取矣及 吾宋景德中大舉來寇 章聖皇帝一戰而却之遂與之
盟以和夫人之情勝則狃狃則敗敗則懲懲則勝匈奴狃石晉之
勝而有景德之敗懲景德之敗而愚未知其所勝甚可懼也雖然
數十年之間能以無大變者何也匈奴之謀必曰我百戰而勝人
人雖屈而我亦勞馳一介入中國以形凌之以勢邀之歲得金錢

數十百萬如此數十歲我益數百千萬而中國損數百千萬吾日以富中國日以貧然後足以有爲也天生北狄謂之犬戎投骨於地狺然而爭者犬之常也今則不然邊境之上豈無可乘之釁使之來寇大足以奪一郡小亦足以殺掠數千人而彼不以動其心者此其志非小也將以蓄其銳而伺吾隙以伸其所大欲故不忍以小利而敗其遠謀古人有言曰爲虺弗摧爲蛇奈何匈奴之勢日長炎炎今也柔而養之以冀其卒無大變其亦惑矣且今中國之所以竭生民之力以奉其所欲而猶恐恐焉懼一物之不稱其意者非謂中國之力不足以支其怒邪然以愚度之當今中國雖萬萬無有如石晉可乘之勢者匈奴之力雖足以犯邊然今十數年間吾可以必無犯邊之憂何也非畏吾也其志不止犯邊也其志不止犯邊而力又未足以成其所欲爲則其心惟恐吾之一旦絶其好以失吾之厚賂也然而驕傲不肯少屈者何也其意曰邀之而後固也鷙鳥將擊必匿其形昔者冒頓欲攻漢漢使至輒匿

其壯士健馬故兵法曰詞卑者進也詞強者退也今匈奴之君臣
莫不張形勢以夸我此其志不欲戰明矣闔廬之入楚也因唐蔡
勾踐之入吳也因齊晉匈奴誠欲與吾戰邪曩者陝西有元昊之
叛河朔有王則之變嶺南有智高之亂此亦可乘之勢矣然終以
不動則其志之不欲戰又明矣吁彼不欲戰而我遂不與戰則彼
旣得其志矣兵法曰用其所能行其所欲廢其所不能於敵反是
今無乃與此異乎且匈奴之力旣未足以伸其所大欲而奪一郡
殺掠數千人之利彼又不以動其心則我勿賂而已勿賂而彼以
爲辭則對曰尔何功於吾歲欲吾賂吾有戰而已賂不可得也雖
然天下之人必曰此愚人之計也天下孰不知賂之爲害而勿賂
之爲利顧勢不可耳愚以爲不然當今夷狄之勢如漢七國之勢
昔者高祖急於滅項籍故舉數千里之地以王諸將項籍死天下
定而諸將之地因遂不可削當是時非劉氏而王者八國高祖懼
其且爲變故大封吴楚齊趙同姓之國以制之旣而信越布綰皆

誅死而吳楚齊趙之強反無以制當是時諸侯王雖名爲臣而其實莫不有帝制之心膠東膠西濟南又從而和之於是擅爵人赦死罪戴黃屋刺客公行匕首交於京師罪至章也勢至逼也然當時之人猶且徜徉容與若不足慮月不圖歲朝不計夕循循而摩之呴呴而吹之幸而無大變以及於孝景之世有謀臣曰鼂錯始議削諸侯地以損其權天下皆曰諸侯必且反錯曰固也削亦反不削亦反削之則反疾而禍小不削則反遲而禍大吾懼其不及今反也天下皆曰鼂錯愚吁七國之禍期於不免與其發於遠而禍大不若發於近而禍小以小禍易大禍雖三尺童子皆知其當然而其所以不與錯者彼皆不知其勢將有遠禍與知其勢將有遠禍而度已不及見謂可以寄之後人以苟免吾身者也然則錯爲一身謀則愚而爲天下謀則智人君又安可捨天下之謀而用一身之謀哉今日匈奴之強不減於七國而天下之人又用當時之議因循維持以至於今方且以爲無事而愚以爲天下之大計

不如勿賂則變疾而禍小賂之則變遲而禍大畏其疾也不若畏其大樂其遲也不若樂其小天下之勢如坐弊船之中驟驟乎將入於深淵不及其尚淺也舍之而求所以自生之道而以濡足爲解者是固夫覆溺之道也聖人除患於未萌然後能轉而爲福今也不幸養之以至此而近憂小患又憚而不決則是遠憂大患終不可去也赤壁之戰惟周瑜吕蒙知其勝伐吴之役惟羊祜張華以爲是然則宏遠深切之謀固不能合庸人之意此鼂錯所以爲愚也雖然錯之謀猶有遺憾何者錯知七國必反而不爲備反之計山東變起而關内騷動今者匈奴之禍又不若七國之難制七國反中原半爲敵國匈奴叛中國以全制其後此又易爲謀也然則謀之奈何曰匈奴之計不過三一曰聲二曰形三曰實匈奴謂中國怯久矣以吾爲終不敢與之抗且其心常欲固前好而得厚賂以養其力今也遽絶之彼必曰戰而勝不如坐而得賂之爲利也華人怯吾可以先聲脅之彼將復賂我於是宣言於遠近我將

以某日圍某所以某日攻某所如此謂之聲命邊郡休士卒偃旗鼓寂然若不聞其聲聲既不能動則彼之計將出於形除道翦棘多爲疑兵以臨吾城如此謂之形深溝固壘清野以待寂然若不見其形形又不能動則技止此矣將遂練兵秣馬以出於實實而與之戰破之易爾彼之計必先出於聲與形而後出於實出於聲與形期我懼而以重賂請和也出於實不得已而與我戰以幸一時之勝也夫勇者可以施之於怯不可以施之於智今夫叫呼跳踉以氣先者世之所謂善鬬者也雖然蓄全力以待之則未始不勝彼叫呼者聲也跳踉者形也無以待之則聲與形者亦足以乘人於卒不然徒自弊其力於無用之地是以不能勝也韓許公節度宣武軍李師古忌公嚴整使來告曰吾將假道伐滑公曰尔能越吾界爲盜邪有以相待無爲虛言滑師告急公使謂曰吾在此公安無恐或告除道翦棘兵且至矣公曰兵來不除道也師古詐窮遷延以遁愚故曰彼計出於聲與形而不能動則技止此矣

與之戰破之易耳方今匈奴之君有內難新立意其必易與羇國之難羇王之資也且天與不取將受其弊賈誼曰大國之王幼弱未壯漢之所置傅相方握其事數年之後大抵皆冠血氣方剛漢之傅相以病而賜罷當是之時而欲爲安雖堯舜不能嗚呼是七國之勢也

嘉祐集卷第一

嘉祐集卷第二

趙郡蘇　洵

權書上

心術

爲將之道當先治心泰山崩於前而色不變麋鹿興於左而目不瞬然後可以制利害可以待敵凡兵上義不義雖利勿動非一動之爲害而他日將有所不可措手足也夫惟義可以怒士士以義怒可與百戰凡戰之道未戰養其財將戰養其力既戰養其氣既勝養其心謹烽燧嚴斥候使耕者無所顧忌所以養其財豐犒而優游之所以養其力小勝益急小挫益厲所以養其氣用人不盡其所欲爲所以養其心故士常蓄其怒懷其欲而不盡怒不盡則有餘勇欲不盡則有餘貪故雖并天下而士不厭兵此黃帝之所以七十戰而兵不殆也不養其心一戰而勝不可用矣凡將欲智而嚴凡士欲愚智則不可測嚴則不可犯故士皆委己而聽命夫

安得不愚夫惟士愚而後可與之皆死凡兵之動知敵之主知敵之將而後可以動於險鄧艾縋兵於穴中非劉禪之庸則百萬之師可以坐縛彼固有所侮而動也故古之賢將能以兵嘗敵而又以敵自嘗故去就可以決凡主將之道知理而後可以舉兵知勢而後可以加兵知節而後可以用兵知理則不屈知勢則不沮知節則不窮見小利不動見小患不避小利小患不足以辱吾技也夫然後可以支大利大患夫惟養技而自愛者無敵於天下故一忍可以支百勇一靜可以制百動兵有長短敵我一也敢問吾之所長吾出而用之彼將不與吾校吾之所短吾蔽而置之彼將強與吾角柰何曰吾之所短吾抗而暴之使之疑而却吾之所長吾陰而養之使之狎而墮其中此用長短之術也善用兵者使之無所顧有所恃無所顧則知死之不足惜有所恃則知不至於必敗尺箠當猛虎奮呼而操擊徒手遇蜥蜴變色而却步人之情也知此者可以將矣袒裼而按劍則烏獲不敢逼冠冑衣甲據兵而寢

則童子彎弓殺之矣故善用兵者以形固夫能以形固則力有餘矣

法制

將戰必審知其將之賢愚與賢將戰則持之與愚將戰則乘之持之則容有所伺而爲之謀乘之則一舉而奪其氣雖然非愚將勿乘乘之不動其禍在我分兵而迭進所以持之也并力而一戰所以乘之也古之善軍者以刑使人以賞使人以怒使人而其中必有以義附者焉不以戰不以掠而以備急難故越有君子六千人韓之戰秦之鬬士倍於晉而出穆公於淖者菽食馬者也兵或安而難或易而危莫難於用衆莫危於用寡治衆者法欲繁繁則士難以動易以察夫衆憂叛治寡者法欲簡不然則士不任戰矣惟衆而繁雖勞不害爲強以衆入險阻必分軍而疎行夫險阻必有伏伏必有約軍分則伏不知所擊而其約攜矣險阻懼蹙疎行以紓士氣兵莫危於攻莫難於守客主之勢然也故地有二不可守兵少不足以實城城小不足以容兵夫惟賢將能以寡爲衆以小

爲大當敵之衝人莫不守我以疑兵彼聘不進雖告之曰此無人彼不信也度彼所襲潛兵以備彼不我測謂我有餘夫何患兵少偃旗仆鼓寂若無氣嚴戢兵士敢譁者斬時令老弱登埤示怯乘懈突擊其衆可走夫何患城小背城而戰陣欲方欲踞欲密欲緩夫方而踞密而緩則士心固固則不懾背城而戰欲其不懾面城而戰陣欲直欲銳欲疎欲速夫直而銳疎而速則士心危危則致死面城而戰欲其致死夫能靜而自觀者可以用人矣吾何爲則怒吾何爲則喜吾何爲則勇吾何爲則怯夫人豈異於我天下之人孰不能自觀其一身是以知此理者塗之人皆可以將平居與人言一語不循故猶且聘而忌敵以形形我恬而不怪亦已固矣是故智者視敵有無故之形必謹察之勿動疑形二可疑於心則疑而爲之謀心固得其實也可疑於目勿疑彼敵疑我也是故心疑以謀應目疑以靜應彼誠欲有所爲邪不使吾得之目矣

強弱

知有所甚愛知有所不足愛可以用兵矣故夫善將者以其所不足愛者養其所甚愛者士之不能皆鋭馬之不能皆良器械之不能皆利固也處之而已矣兵之有上中下也是兵之有三權也孫臏有言曰以君下駟與彼上駟取君上駟與彼中駟取君中駟與彼下駟此兵説也非馬説也下之不足以與其上也吾既知之矣吾既弃之矣中之不足以與吾上下之不足以與吾中吾不既再勝矣乎得之多於弃也吾斯從之矣彼其上之不得其中下之援也乃能獨完耶故曰兵之有上中下也是兵之有三權也三權也者以一致三者也管仲曰攻堅則瑕者堅攻瑕則堅者瑕嗚呼不從其瑕而攻之天下皆強敵也漢高帝之憂在項籍耳雖然親以其兵而與之角者蓋無幾也隨何取九江韓信取魏取代取趙取齊然後高帝起而取項籍夫不汲汲於其憂之所在而彷徨乎其不足卹之地彼蓋所以孤項氏也秦之憂在六國蜀最僻最小最先取楚最強最後取非其憂在蜀也諸葛孔明一出其兵乃與魏

氏角其士宜也取天下取一國取一陣皆如是也范蠡曰凡陣之道益左以為壯設右以為牝春秋時楚伐隋季梁曰楚人上左君必左無與王遇且攻其右右無良焉必敗偏敗衆乃攜蓋一陣之間必有牝壯左右要當以吾強攻其弱耳唐太宗曰吾自興兵習觀行陣形勢每戰視敵強其左吾亦強吾左弱其右吾亦弱吾右使弱常遇強強常遇弱敵犯吾弱追奔不過數十百步吾擊敵弱常突出自背反攻之以是必勝後之庸將既不能處其強弱以敗而又曰吾兵有老弱雜其間非舉軍精銳以故不能勝不知老弱之兵兵家固亦不可無無之是無以耗敵之強兵而全吾之銳鋒敗可俟矣故智者輕弃吾弱而使敵輕用其強忘其小喪而志於大得夫固要其終而已矣

攻守

古之善攻者不盡兵以攻堅城善守者不盡兵以守敵衝夫盡兵以攻堅城則鈍兵費糧而緩於成功盡兵以守敵衝則兵不分而

彼間行襲我無備故攻敵所不守守敵所不攻攻者有三道焉守者有三道焉三道一曰正二曰奇三曰伏坦坦之路車轂擊人肩摩出亦此入亦此我所必攻彼所必守者曰正道大兵攻其南銳兵出其北大兵攻其東銳兵出其西者曰奇道大山峻谷中盤絕徑潛師其間不鳴金不撾鼓突出乎平川以衝敵人腹心者曰伏道故兵出於正道勝敗未可知也出於奇道十出而五勝矣出於伏道十出而十勝矣何則正道之城堅城也正道之兵精兵也奇道之城不必堅也奇道之兵不必精也伏道則無城也無兵也攻正道而不知奇道與伏道焉者其將木偶人是也守正道而不知奇道與伏道焉者其將亦木偶人是也今夫盜之於人抉門斬關而入者有焉他户之不扃鍵而入者有焉乘壞垣坎墻趾而入者有焉抉門斬關而主人不之察幾希矣他户之不扃鍵而主人不之察太半矣乘壞垣坎墻趾而主人不知察皆是矣爲主人者宜無曰門之固而他户墻隙之不卹焉夫正道之兵抉門之盜也奇道

之兵他户之盜也伏道之兵秉垣之盜也所謂正道者若秦之函谷吳之長江蜀之劒閣是也昔者六國嘗攻函谷矣而秦將敗之曹操嘗攻長江矣而周瑜走之鍾會嘗攻劒閣矣而姜維拒之何則其為之守備者素也劉濞反攻大梁田禄伯請以五萬人別循江淮收淮南長沙以與濞會武關岑彭攻公孫述自江州泝都江破侯丹兵徑拔武陽繞出延岑軍後疾以精騎赴廣都距成都不數十里李愬攻蔡蔡悉精卒以抗李光顔而不備愬愬自文成破張柴疾馳二百里夜半到蔡黎明擒元濟此用奇道也漢武攻南越唐蒙請發夜郎兵浮船牂牁江道番禺城下以出越人不意鄧艾攻蜀自陰平由景谷攀木緣磴魚貫而進至江油而降馬邈至緜竹而斬諸葛瞻遂降劉禪田令孜守潼關關之左有谷曰禁而不知之備林言尚讓入之夾攻關而關兵潰此用伏道也吾觀古之善用兵者一陣之間尚猶有正兵奇兵伏兵三者以取勝況守一國攻一國而社稷之安危繫焉者其可以不知此三道而欲使

之將耶

明間

孫武既言五間則又有曰商之興也伊摯在夏周之興也呂牙在商故明君賢將能以上智爲間者必成大功此兵之要三軍所恃而動也按書伊尹適夏醜夏歸亳史太公常事紂去之歸周所謂在夏在商誠矣然以爲間何也湯文王固使人間夏商耶伊呂固與人爲間耶桀紂固待間而後可伐耶是雖甚庸亦知不然矣然則武意天下存亡寄於一人伊尹之在夏也湯必曰桀得伊尹不用伊尹則民心復安吾何病焉及其歸亳也湯必曰桀雖暴一旦能用必亡矣吾不可以安視民病遂與天下共亡之呂牙之在商也文王必曰紂雖虐一旦用呂牙則天祿必復吾何憂焉及其歸周也文王必曰紂得呂牙不能用必亡矣吾不可以久遏天命遂命武王與天下共亡之然則夏商之存亡待伊呂用否而決今夫問將之賢者必曰能逆知敵國之勝敗問其所以知之之道必曰

不愛千金故能使人爲之出萬死以間敵國或曰能因敵國之使而探其陰計嗚呼其亦勞矣伊吕一歸而夏商之國爲決士使湯武無用間之名與用間之勞而得用間之實此非上智其誰能之

夫兵雖詭道而本於正者終亦必勝今五間之用其歸於詐成則爲利敗則爲禍且與人爲詐人亦將且詐我故能以間勝者亦或以間敗吾間不忠反爲敵用一敗也不得敵之實而得敵之所僞示者以爲信二敗也受吾財而不能得敵之陰計懼而以僞告我三敗也夫用心於正一振而羣綱舉用心於詐百補而千穴敗智於此不足恃也故五間者非明君賢將之所上明君賢將之所上者上智之間也是以淮陰曲逆義不事楚而高祖擒籍之計定左車周叔不用於趙魏而淮陰進兵之謀決嗚呼是亦間也

嘉祐集卷第二

嘉祐集卷第三

趙郡蘇洵

權書下

○孫武

求之而不窮者天下奇才也天下之士與之言兵而曰我不能者幾人求之於言而不窮者幾人言不窮矣求之於用而不窮者幾人嗚呼至於用而不窮者吾未之見也孫武十三篇兵家舉以爲師然以吾評之其言兵之雄乎今其書論奇權密機出入神鬼自古以兵著書者罕所及以是而揣其爲人必謂有應敵無窮之才不知武用兵乃不能必克與書所言遠甚吳王闔廬之入郢也武爲將軍及秦楚交敗其兵越王入踐其國外禍內患一旦迭發吳王奔走自救不暇武殊無一謀以弭斯亂若按武之書以責武之失凡有三焉九地曰威加於敵家則交不得合而武使秦得聽包胥之言出兵救楚無忌吳之心斯不威之甚其失一也作戰曰久暴

師以鈍兵挫銳屈力殫貨則諸侯乘其弊而起且武以九年冬伐楚至十年秋始還可謂久暴矣越人能無乘間入國乎其失二也又曰殺敵者怒也今武縱子胥伯嚭鞭平王屍復一夫之私忿以激怒敵此司馬戌子西子期所以必死讎吳也勾踐不頹舊冢而吳服田單譎燕掘墓而齊奮知謀與武遠矣武不達此其失三也然始吳能以入郢乃因胥嚭唐蔡之怒及乘楚瓦之不仁武之功蓋亦鮮耳夫以武自爲書尚不能自用以取敗北况區區祖其故智餘論者而能將乎且吳起與武一體之人也皆著書言兵世稱之曰孫吳然而吳起之言兵也輕法制草略無所統紀不若武之書詞約而意盡天下之兵說皆歸其中然吳起始用於魯破齊及入魏又能制秦兵入楚楚復霸而武之所爲反如是書之不足信也固矣今夫外御一隸内治一妾是賤丈夫亦能夫豈必有人而教之及夫御三軍之衆闔營而自固或且有亂然則是三軍之衆惑之也故善將者視三軍之衆與視一隸一妾無加焉故其心常若

有餘夫以人之心當三軍之衆而其中恢恢然猶有餘地此韓信之所以多多而益辦也故夫用兵豈有異術哉能物視其衆而已矣

子貢

君子之道智信難信者所以正其智也而智常至於不正智者所以通其信也而信常至於不通是故君子慎之也世之儒者曰徒智可以成也人見乎徒智之可以成也則舉而弃乎信吾則曰徒智可以成也而不可以繼也子貢之以亂齊滅吴存魯也吾悲之彼子貢者遊説之士苟以邀一時之功而不以可繼爲事故不見其禍使夫王公大人而計出於此則吾未見其不旋踵而敗也吾聞之王者之兵計萬世而動覇者之兵計子孫而舉強國之兵計終身而發求可繼也子貢之兵是明日不可用也故子貢之出也吾以爲魯可存也而齊可無亂吴可無滅何也田常之將篡也憚高國鮑晏故使移兵伐魯爲賜計者莫若抵高國鮑晏弔之彼必愕而問焉則對曰田常遣子之兵伐魯吾竊哀子之將亡也彼必

詰其故則對曰齊之有田氏猶人之養虎也子之於齊猶肘股之於身也田氏之欲肉齊久矣然未敢逞志者懼肘股之捍也今子出伐魯肘股去矣田氏孰懼哉吾見身將磔裂而肘股隨之所以弔也彼必懼而咨計於我因敎之曰子悉甲趨魯壓境而止吾請爲子潛約魯侯以待田氏之變帥其兵從子入討之彼懼田氏之禍其勢不得不聽歸以約魯侯魯侯懼齊伐其勢亦不得不聽因使練兵蒐乘以俟齊釁誅亂臣而定新主齊必德魯數世之利也吾觀仲尼以爲齊人不與田常者半故請哀公討之今誠以魯之衆從高國鮑晏之師加齊之半可以轘田常於都市其勢甚便其成功甚大惜乎賜之不出於此也齊哀王舉兵誅呂氏呂氏以灌嬰爲將拒之至滎陽嬰使諭齊及諸侯連和以待呂氏變共誅之今田氏之勢何以異此有魯以爲齊有高國鮑晏以爲灌嬰惜乎賜之不出於此也

○六國

子貢

六國破滅非兵不利戰不善弊在賂秦賂秦而力虧破滅之道也
或曰六國互喪率賂秦耶曰不賂者以賂者喪蓋失強援不能獨
完故曰弊在賂秦也秦以攻取之外小則獲邑大則得城較秦之
所得與戰勝而得者其實百倍諸侯之所亡與戰敗而亡者其實
亦百倍則秦之所大欲諸侯之所大患固不在戰矣思厥先祖父
暴霜露斬荊棘以有尺寸之地子孫視之不甚惜舉以予人如棄
草芥今日割五城明日割十城然後得一夕安寢起視四境而秦
兵又至矣然則諸侯之地有限暴秦之欲無厭奉之彌繁侵之愈
急故不戰而強弱勝負已判矣至于顛覆理固宜然古人云以地
事秦猶抱薪救火薪不盡火不滅此言得之齊人未嘗賂秦終繼
五國遷滅何哉與嬴而不助五國也五國既喪齊亦不免矣燕趙
之君始有遠略能守其土義不賂秦是故燕雖小國而後亡斯用
兵之効也至丹以荊卿為計始速禍焉趙嘗五戰于秦二敗而三
勝後秦擊趙者再李牧連却之洎牧以讒誅邯鄲為郡惜其用武

而不終也且燕趙處秦革滅殆盡之際可謂智力孤危戰敗而亡誠不得已向使三國各愛其地（三國謂楚魏韓也）齊人勿附于秦刺客不行良將猶在則勝負之數存亡之理當與秦相較或未易量嗚呼以賂秦之地封天下之謀臣以事秦之心禮天下之奇才并力西嚮則吾恐秦人食之不得下咽也悲夫有如此之勢而爲秦人積威之所刧日削月割以趨於亡爲國者無使爲積威之所刧哉夫六國與秦皆諸侯其勢弱於秦而猶有可以不賂而勝之之勢苟以天下之大下而從六國破亡之故事是又在六國下矣

項籍

吾嘗論項籍有取天下之才而無取天下之慮曹操有取天下之慮而無取天下之量劉備有取天下之量而無取天下之才故三人者終其身無成焉且夫不有所弃不可以得天下之勢不有所忍不可以盡天下之利是故地有所不取城有所不攻勝有所不就敗有所不避其來不喜其去不怒肆天下之所爲而徐制其後

楷書

乃克有濟嗚呼項籍有百戰百勝之才而死於垓下無惑也吾觀其戰於鉅鹿也見其慮之不長量之不大未嘗不怪其死於垓下之晚也方籍之渡河沛公始整兵嚮關籍於此時若急引軍趨秦及其鋒而用之可以據咸陽制天下不知出此而區區與秦將爭一旦之命旣全鉅鹿而猶徘徊河南新安間至函谷則沛公入咸陽數月矣夫秦人旣已安沛公而讎籍則其勢不得強而臣故籍雖遷沛公漢中而卒都彭城使沛公得還定三秦則天下之勢在漢不在楚百戰百勝尚何益哉故曰兆垓下之死者鉅鹿之戰也

或曰雖然籍必能入秦乎曰項梁死章邯謂楚不足慮故移兵伐趙有輕楚心而良將勁兵盡於鉅鹿籍誠能以必死之士擊其輕敵寡弱之師入之易耳且亡秦之守關與沛公之守善否可知也沛公之攻關與籍之攻善否又可知也以秦之守而沛公攻入之沛公之守而籍攻入之然則亡秦之守籍不能入哉或曰秦可入矣如救趙何曰虎方捕鹿羆據其穴搏其子虎安得不置鹿而返

返則碎於羆熊明矣軍志所謂攻其必救也使籍入關王離涉間必釋趙自救籍據關逆擊其前趙與諸侯救者十餘壁躡其後覆之必矣是籍一舉解趙之圍而收功於秦也戰國時魏伐趙齊救之田忌引兵疾走大梁因存趙而破魏彼宋義號知兵殊不達此屯安陽不進而曰待秦敝吾恐秦未敝而沛公先據關矣籍與義俱失焉是故古之取天下者常先圖所守諸葛孔明弃荊州而就西蜀吾知其無能爲也且彼未甞見大險也彼以爲劒門者可以不亡也吾甞觀蜀之險其守不可出其出不可繼兢兢而自完猶且不給而何足以制中原哉若夫秦漢之故都沃土千里洪河大山真可以控天下又烏事夫不可以措足如劒門者而後曰險哉今夫富人必居四通五達之都使其財布出於天下然後可以收天下之利有小丈夫者得一金櫝而藏諸家拒戶而守之嗚呼是求不失也非求富也大盜至劫而取之又焉知其果不失也

○高祖

權書

漢高帝挾數用術以制一時之利害不如陳平揣摩天下之勢舉指搖目以劫制項羽不如張良微此二人則天下不歸漢而高帝乃木強之人而止耳然天下已定後世子孫之計陳平張良智之所不及則高帝常先爲之規畫處置以中後世之所爲曉然如目見其事而爲之者蓋高帝之智明於大而暗於小至於此而後見也帝常語呂后曰周勃厚重少文然安劉氏必勃也可令爲太尉方是時劉氏既安矣勃又將誰安邪故吾之意曰高帝之以太尉屬勃也知有呂氏之禍也雖然其不去呂后何也勢不可也昔者武王没成王幼而三監叛帝意百歲後將相大臣及諸侯王有武庚禄父者而無有以制之也獨計以爲家有主母而豪奴悍婢不敢與弱子抗呂后佐帝定天下爲大臣素所畏服獨此可以鎮壓其邪心以待嗣子之壯故不去呂后者爲惠帝計也呂后既不可去故削其黨以損其權使雖有變而天下不搖是故以樊噲之功一旦遂欲斬之而無疑嗚呼彼豈獨於噲不仁耶且噲與帝偕起

拔城陷陣功不為少矣方亞父嗾項莊時微噲誚讓羽則漢之為漢未可知也一旦人有惡噲欲滅戚氏者時噲出伐燕立命平勃即斬之夫噲之罪未形也惡之者誠偽未必也且高帝之不以一女子斬天下之功臣亦明矣彼其娶於呂氏呂氏之族若產祿輩皆庸才不足卹獨噲豪健諸將所不能制後世之患無大於此矣夫高帝之視呂后也猶醫者之視堇也使其毒可以治病而無至於殺人而已矣樊噲死則呂氏之毒將不至於殺人高帝以為是足以死而無憂矣彼平勃者遺其憂者也噲之死於惠之六年也天也彼其尚在則呂祿不可紿太尉不得入北軍矣或謂噲於帝最親使之尚在未必與產祿叛夫韓信黥布盧綰皆南面稱孤而綰又最為親幸然及高祖之未崩也皆相繼以逆誅誰謂百歲之後椎埋屠狗之人見其親戚乘勢為帝王而不欣然從之邪吾故曰彼平勃者遺其憂者也

嘉祐集卷第三

嘉祐集卷第四

衡論上 并引

事有可以盡告人者有可告人以其端而不可盡者盡以告人其難在告告人以其端其難在用今夫衡之有刻也於此爲銖於此爲石求之而不得曰是非善衡焉可也曰權罪者非也始吾作權書以爲其用可以至於無窮而亦可以至於無用於是又作衡論十篇嗚呼從吾說而不見其成乃今可以罪我焉耳

遠慮

聖人之道有經有權有機是以有民有群臣而又有腹心之臣曰經者天下之民舉知之可也曰權者民不得而知矣群臣知之可也曰機者雖群臣亦不得而知矣腹心之臣知之可也夫使聖人而無權則無以成天下之務無機則無以濟萬世之功然皆非天下之民所宜知而機者又群臣所不得聞群臣不得聞誰與議不

議不濟然則所謂腹心之臣者不可一日無也後世見三代取天下以仁義而守之以禮樂也則曰聖人無機夫取天下與守天下無機不能顧三代聖人之機不若後世之詐故後世不得見其有機也是以有腹心之臣禹有益湯有伊尹武王有太公望是三臣者聞天下之所不聞知群臣之所不知禹與湯武倡其機於上而三臣者和之於下以成萬世之功下而至於桓文有管仲狐偃爲之謀主闔廬有伍員句踐有范蠡大夫種高祖之起也大將任韓信黥布彭越裨將任曹參樊噲滕公灌嬰游説諸侯任酈生陸賈樅公至於奇機密謀群臣所不與者唯留侯酇侯二人唐太宗之臣多奇才而委之深任之密者亦不過曰房杜夫君子爲善之心與小人爲惡之心一也君子有機以成其善小人有機以成其惡有機也雖惡亦咸濟無機也雖善亦不克是故腹心之臣不可以一日無也司馬氏曹氏賊也有賈充之徒爲之腹心之臣以濟陳勝吳廣秦民之湯武也無腹心之臣以不克何則無腹心之臣者

無機也有機而泄也夫無機與有機而泄者譬如虎豹食人而不知設陷穽設陷穽而不知以物覆其上者也或曰機者創業之君所假以濟耳守成之世其奚事機而安用夫腹心之臣嗚呼守成之世能遂熙然如太古之世矣乎未也吾未見機之可去也且夫天下之變常伏於安田文所謂子少國危大臣未附如此等事何世無之當是之時而無腹心之臣可爲寒心哉昔者高祖之末天下既定矣而又以周勃遺孝惠孝文武帝之末天下既治矣而又以霍光遺孝昭孝宣蓋天下雖有泰山之勢而聖人常以累卵爲心故雖守成之世而腹心之臣不可去也傳曰百官總已以聽于冢宰彼冢宰者非腹心之臣天子安能舉天下之事委之三年而不置疑於其間邪又曰五載一巡狩彼無腹心之臣五載一出捐千里之畿而誰與守邪今夫一家之中必有宗老一介之士必有密友以開心胷以濟緩急柰何天子而無腹心之臣乎近世之君抗然于上而使宰相眇然於下上下不接而其志不通矣臣視君

如天之遼然而不可親而君亦如天之視人泊然無愛之之心也是以社稷之憂彼不以爲憂社稷之喜彼不以爲喜君憂不辱君辱不死一人譽之則用之一人毀之則捨之宰相避嫌畏譏且不暇何暇盡心以憂社稷數遷數易視相府如傳舍百官泛泛於下而天子恂恂於上一旦有卒然之憂吾未見其不顛沛而殞越也聖人之任腹心之臣也尊之如父師愛之如兄弟握手入卧内同起居寢食知無不言言無不盡百人譽之不加密百人毀之不加疏尊其爵厚其祿重其權而後可與議天下之機慮天下之變太祖用趙中令也得其道矣近者寇萊公亦誠其人然與之權輕故終以見逐而天下幾有不測之變然則其必使之可以生人殺人而後可也

御將

人君御臣相易而將難將有二有賢將有才將而御才將尤難御相以禮御將以術御賢將之術以信御才將之術以智不以禮不

以信是不爲也不以術不以智是不能也故曰御將難而御才將
尤難六畜其初皆獸也彼虎豹能搏能噬而馬亦能蹄牛亦能觸
先王知能搏能噬者不可以人力制故殺之殺之不能驅之而後
已蹄者可馭以羈紲觸者可拘以楅衡故先王不忍弃其才而廢
天下之用如曰是能蹄是能觸當與虎豹并殺而同驅則是天下
無騏驎終無以服乘耶先王之選才也自非大姦劇惡如虎豹之
不可以變其搏噬者未有不欲制之以術而全其才以適於用況
爲將者又不可責以廉隅細謹顧其才何如耳漢之衛霍趙充國
唐之李靖李勣賢將也漢之韓信黥布彭越唐之薛萬徹侯君集
盛彥師才將也賢將既不多有得才者而任之苟又曰是難御則
是不肖者而後可也結以重恩示以赤心美田宅大飲饌歌童舞
女以極其口腹耳目之欲而折之以威此先王之所以御才將也
近之論者或曰將之所以畢智竭慮犯霜露蹈白刃而不辭者冀
賞耳爲國家者不如勿先賞以邀其成功或曰賞所以使人不先

賞人不爲我用是皆一隅之說非通論也將之才固有小大傑然於庸將之中者才小者也傑然於才將之中者才大者也才小志亦小才大志亦大人君當觀其才之小大而爲之制御之術以稱其志一隅之說不可用也夫養騏驥者豐其芻粒絜其羈絡居之新閑浴之清泉而後責之千里彼騏驥者其志常在千里也夫豈以一飽而廢其志哉至於養鷹則不然獲一雉飼以一雀獲一兔飼以一鼠彼知不盡力於擊搏則其勢無所得食故然後爲我用才大者騏驥也不先賞之是養騏驥者飢之而責其千里不可得也才小者鷹也先賞之是養鷹者飽之而求其擊搏亦不可得也是故先賞之說可施之才大者不先賞之說可施之才小者兼而用之可也昔者漢高祖一見韓信而授以上將解衣衣之推食哺之一見黥布而以爲淮南王供具飲食如王者一見彭越而以爲相國當是時三人者未有功於漢也厥後追項籍垓下與信越期而不至捐數千里之地以畀之如弃弊屣項氏未滅天下未定而

三人者已極富貴矣何則高帝知三人者之志夫不極於富貴則不為我用雖極於富貴而不滅項氏不定天下則其志不已也至於樊噲滕公灌嬰之徒則不然拔一城陷一陣而後增數級之爵否則終歲不遷也項氏已滅天下已定樊噲滕公灌嬰之徒計百戰之功而後爵之通侯夫豈高帝至此而嗇哉知其才小而志小雖不先賞不怨而先賞之則彼將泰然自滿而不復以立功為事故也噫方韓信之立於齊蒯通武涉之說未去也當此之時而奪之王漢其殆哉夫人豈不欲三分天下而自立者而彼則曰漢王不奪我齊也故齊不捐則韓信不懷韓信無內心則天下非漢之有嗚呼高帝可謂知大計矣

任相

古之善觀人之國者觀其相何如人而已議者常曰將與相均將特一大有司耳非相侔也國有征伐而後將權重有征伐無征伐相皆不可一日輕相賢邪則羣有司皆賢而將亦賢矣將賢邪相

雖不賢將不可易也故曰將特一大有司耳非相倖也任相之道
與任將不同爲將者大槩多才而或頑頓無恥非皆節廉好禮不
可犯者也故不必優以體貌而其有不羈不法之事則亦不可以
常法御何則蒙縱不趨約束者亦將之常態也武帝視大將軍往
往踞廁而李廣利破大宛侵殺士卒之罪則寢而不問此任將之
道也若夫相必節廉好禮者爲也又非豪縱不趨約束者爲也故
接之以禮而重責之古者相見於天子天子爲之離席起立在道
爲之下輿有病親問不幸而死親弔待之如此其厚然其有罪亦
不私也天地大變天下大過而相以不起聞矣相不勝任策書至
而布衣出府免矣相有他失而棧車牝馬歸以思過矣夫接之以
禮然後可以重其責而使無怨言責之重然後接之以禮而不爲
過禮薄而責重彼將曰主上遇我以何禮而重我以此責也甚矣
責輕而禮重彼將遂弛然不肯自飭故禮以維其心而重責以勉
其怠而後爲相者莫不盡忠於朝廷而不卹其私吾觀賈誼書至

所謂長太息者常友覆讀不能已以爲誼生文帝時文帝遇將相大臣不爲無禮獨周勃一下獄誼遂發此使誼生於近世見其所以遇宰相者則當復何如也夫湯武之德三尺豎子皆知其爲聖人而猶有伊尹太公者爲師友焉伊尹太公非賢於湯武也而二聖人者特不顧以師友之以明有尊也噫近世之君姑勿於此責天子御坐見宰相而起者有之乎無矣在輿而下者有之乎亦無矣天子坐殿上宰相與百官趨走於下掌儀之官名而呼之若郡守召胥吏耳雖臣子爲此亦不過而尊尊貴貴之道不若是褻也夫既不能接之以禮則其罪之也吾法將亦不得用何者不果於用禮而果於用刑則其心不服故法曰有某罪而加之以某刑及其免相也既曰有某罪而刑不加焉不過削之一官而出之大藩鎮此其弊皆始於不爲之禮賈誼曰中罪而自弛大罪而自裁夫人不我誅而安忍弃其身此必有大愧於其君故人君者必有以愧其臣故其臣有所不爲武帝嘗以不冠見平津侯故當天下多

事朝廷憂懼之際使石慶得容於其間而無怪焉然則必其待之如禮而後可以責之如法也且吾聞之待以禮而彼不自效以報其上重其責而彼不自勉以全其身安其祿位成其功名者天下無有也彼人主傲然於上不禮宰相以自尊大者孰若使宰相自效以報其上之爲利宰相利其君之不責而豐其私者孰若自勉以全其身安其祿位成其功名之爲福吾又未見去利而就害遠福而求禍者也

重遠

武王不泄邇不忘遠仁矣乎非仁也勢也天下之勢猶一身一身之中手足病於外則腹心爲之深思靜慮於內而求其所以療之之術腹心病於內則手足爲之奔趨於外而求其所以療之之物腹心手足之相救非待仁而後然吾故曰武王之不泄邇不忘遠非仁也勢也勢如此其急而古之君獨武王然者何也人皆知一身之勢而武王知天下之勢也夫不知一身之勢者一身危而不

知天下之勢者天下不危乎哉秦之保關中自以爲子孫萬世帝王而陳勝吳廣乃楚人也由此觀之天下之勢遠近如一然以吾言之近之可憂未若遠之可憂之深也近之官吏賢耶民譽之歌之不賢耶譏之謗之譽歌譏謗者衆則必傳傳則必達於朝廷是官吏之賢否易知也一夫不獲其所訴之刺史刺史不問裹糧走京師緩不過旬月撾鼓叫號而有司不得不省矣是民有寃易訴也吏之賢否易知而民之寃易訴亂何從始耶遠方之民雖使盜蹠爲之郡守檮杌饕餮爲之縣令郡縣之民群嘲而聚罵者雖千百爲輩朝廷不知也白日執人於市誣以殺人雖其兄弟妻子聞之亦不過訴之刺史不幸而刺史又抑之則死且無告矣彼見郡守縣令據案執筆吏卒旁列箠械滿前駭然而喪膽矣則其謂京師天子所居者當復如何而又行數千里費且百萬富者尚或難之而貧者又何能乎故其民常多怨而易動吾故曰近之可憂未若遠之可憂之深也國家分十七路河朔陝右南廣川峽實爲要

區河朔陝右二虜之防而中國之所恃以安南廣川峽貨財之源而河朔陝右之所恃以全其勢之輕重如何哉曩者北胡驕恣西寇勃叛河朔陝右尤所加卹一郡守一縣令未嘗不擇至於南廣川峽則例以爲遠官審官差除取具臨時寬亂謫量移往往而至凡朝廷稍所優異者不復官之南廣川峽而其人亦以南廣川峽之官爲失職庸人無所歸故常聚於此嗚呼知河朔陝右之可重而不知河朔陝右之所恃以全之地之不可輕是欲富其倉而蕪其田倉不可得而富也矧其地控制南夷氐蠻最爲要害土之所產又極富夥明珠大貝紈錦布帛皆極精好陸負水載出境而其利百倍然而關譏門征僦雇之費非百姓私力所能辦故貪官專其利而齊民受其病不招權不鬻獄者世俗遂指以爲廉吏矣而招權鬻獄者又豈盡無嗚呼吏不能皆廉而廉者又止如此是斯民不得一日安也方今賦取日重科斂日煩罷弊之民不任官吏復有所覬求於其間矣淳化中李順竊發於蜀州郡數十望風奔潰

近者智高亂廣南乘勝取九城如反掌國家設城池養士卒蓄器械儲米粟以爲戰守備而凶豎一起若涉無人之地者吏不肖也今夫以一身任一方之責者莫若漕刑南廣川峽旣爲天下要區而其中之郡縣又有爲南廣川峽之要區者其牧宰之賢否實一方所以安危幸而賢則已其戕民黷貨的然有罪可誅者漕刑因亦得以舉劾若夫庸陋選耎不才而無過者漕刑雖賢明其勢不得易置此猶弊車羸馬而求僕夫之善御也郡縣有敗事不以責漕刑則不可責之則彼必曰敗事者某所治某所者某人也吾將何所歸罪故莫若使漕刑自舉其人而任之他日有敗事則謂之曰爾謂此人堪此職也今不堪此職是爾欺我也責有所任罪無所逃然而擇之不得其人者蓋寡矣其餘郡縣雖非一方之所以安危者亦當詔審官俾勿輕授贓吏冗流勿措其間則民雖在千里外無異於處畿甸中矣

廣士

古之取士取於盜賊取於夷狄古之人非以盜賊夷狄之事可爲也以賢之所在而已矣夫賢之所在貴而貴取焉賤而賤取焉是以盜賊下人夷狄異類雖奴隸之所恥而往往登之朝廷坐之郡國而不以爲怍而繩趨尺步華言華服者往往反擯弃不用何則天下之能繩趨而尺步華言而華服者衆也朝廷之政郡國之事非特如此而可治也彼雖不能繩趨而尺步華言而華服然而其才果可用於此則居此位可也古者天下之國大而多士大夫者不過曰齊與秦也而管夷吾相齊賢也而舉二盜焉穆公覇秦賢也而舉由余焉是其能果於是非而不牽於衆人之議也未聞有以用盜賊夷狄而鄙之者也今有人非盜賊非夷狄而猶不獲用吾不知其何故也夫古之用人無擇於勢布衣寒士而賢則用之公卿之子弟而賢則用之武夫健卒而賢則用之巫醫方技而賢則用之胥史賤吏而賢則用之今也布衣寒士持方尺之紙書聲病剽竊之文而至享萬鍾之祿卿大夫之子弟飽食於家一出而

驅高車駕大馬以爲民上武夫健卒有灑掃之力奔走之舊乃領藩郡執兵柄坐醫方技一言之中大臣且舉以爲吏若此者皆非賢也皆非功也是今之所以進之之塗多於古也而胥史賤吏獨弃而不録使老死於敲榜趨走而賢與功者不獲一施吾甚惑也不知胥吏之賢優而養之則儒生武士或所不若昔者漢有天下平津侯樂安侯輩皆號爲儒宗而卒不能爲漢立不世大功而其卓絕雋偉震耀四海者乃其賢人之出於吏胥中者耳夫趙廣漢河間之郡吏也尹翁歸河東之獄吏也張敞太守之卒史也王尊涿郡之書佐也是皆雄雋明博出之可以爲將而內之可以爲相者也而皆出於吏胥中者有以也夫吏胥之人少而習法律長而習獄訟老姦大豪畏憚懾伏吏之情狀變化出入無不諳究因而官之則豪民猾吏之弊表裏毫末畢見於外無所逃遁而又上之人擇之以才遇之以禮而其志復自知得自奮於公卿故終不肯自弃於惡以賈罪戾而敗其終身之利故當此時士君子皆優

爲之而其間自縱於大惡者大約亦不過幾人而其尤賢者乃至成功如是今之吏胥則不然始而入之不擇也終而遇之以犬彘也長吏一怒不問罪否袒而笞之喜而接之乃反與交手爲市其人常曰長吏待我以犬彘我何望而不爲犬彘哉是以平民不能自弃爲犬彘之行不肯爲吏矣况士君子而肯俛首爲之乎然欲使之謹飭可用如兩漢亦不過擇之以才待之以禮恕其小過而弃絶其大惡之不可貰忍者而後察其賢有功而爵之禄之貴之勿弃之於冗流之間則彼有冀於功名自尊其身不敢丐奪而奇才絶智出矣夫人固有才智奇絶而不能爲章句名數聲律之學者又有不幸而不爲者苟一之以進士制策是使奇才絶智有時而窮也使吏胥之人得出爲長吏是使一介之才無所逃也進士制策網之於上此又網之於下而曰天下有遺才者吾不信也

嘉祐集卷第四

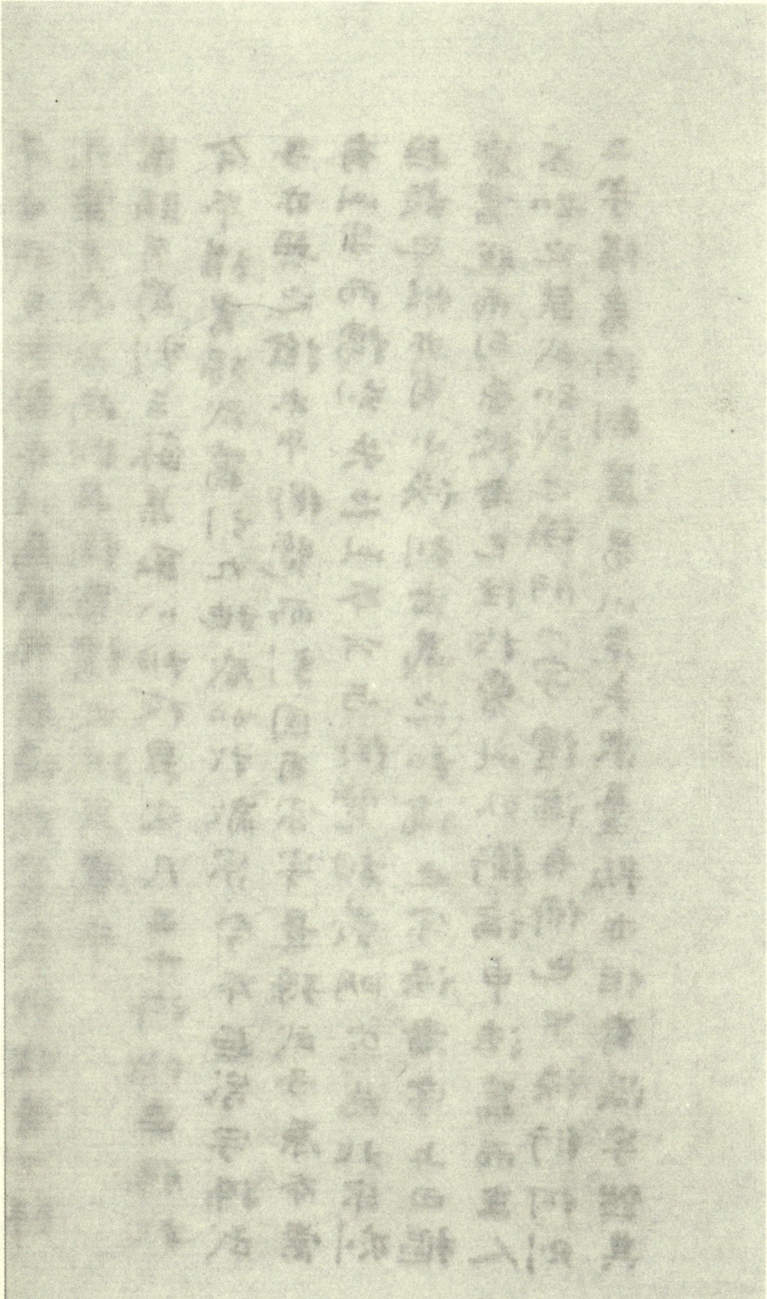

平生所見宋槧本此為最勝展讀欣賞幾欲炷香下拜九章見奇石尚欲具袍笏禮之况異書乎案頭有蜀刻三蘇集取以相校異文凡二十許條并勝於今本權書孫武篇引九地威加於敵家今本無家字孫武子亦無之檢太平御覽所引固有家字是孫武子原本當有此字而傳刻失之此本可與御覽相發明定為北宋刻無疑也惟亦有小誤利者義之和論也字誤者字上田樞密書脫兩句原校者已注於旁此外衡論申法篇而主人不知之禁或知或之誤衍一字禮論吾儕也下誤衍何則二字權書法制篇易以危夫衆憂叛亦似有誤字然其

爲寶貴自若也譬如韓范兩公聲雖步碎滲遠出眼如石棱髯如蝟不媿輩之上耳　戊辰季秋從漢卿兄假觀數日豁目饜心珍重歸之

鶴儕喬松年識

審勢篇第三葉爲字下妄人注一未字於旁蓋誤以爲字屬上句

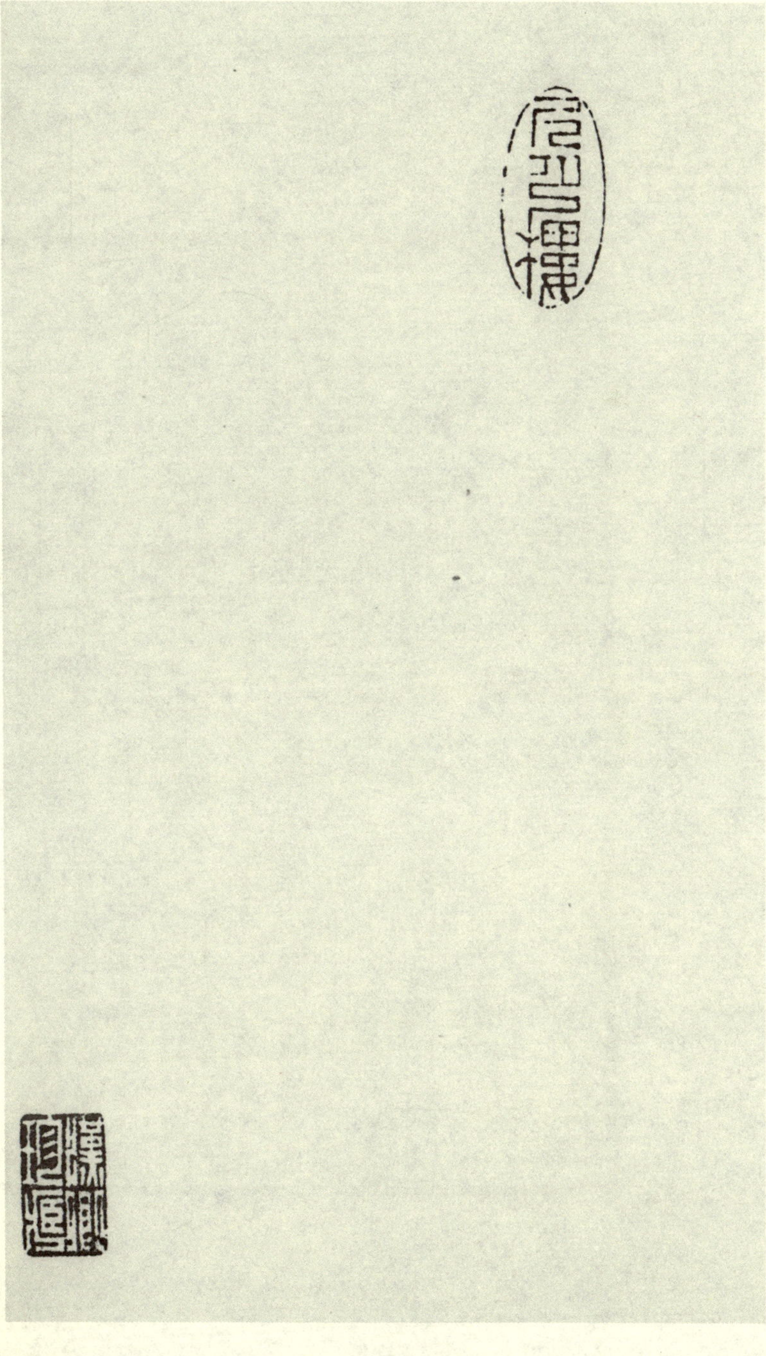

嘉祐集卷第五

衡論下

養才

趙郡蘇洵

夫人之所爲有可勉強者有不可勉強者煦煦然而爲仁孑孑然而爲義不食片言以爲信不見小利以爲廉雖古之所謂仁與義與信與廉者不止若是而天下之人亦不曰是非仁人是非義人是非信人是非廉人此則無諸已而可勉強以到者也在朝廷而百官肅在邊鄙而四夷懼坐之於繁劇紛擾之中而不亂投之於羽檄奔走之地而不惑爲吏而爲吏爲將而爲將若是者非天之所與性之所有不可勉強而能也道與德可勉以進也才不可強揠以進也今有二人焉一人善揖讓一人善騎射則人未有不以揖讓賢於騎射矣然而揖讓者未必善騎射而騎射者捨其弓以揖讓於其間則未必失容何哉才難強而道易勉也吾觀世之用

人好以可勉強之道與德而加之不可勉強之才之上而曰我貴賢賤能是以道與德未足以化人而才有遺焉然而爲此者亦有由矣有才者而不能爲衆人所勉強者耳何則奇傑之士常好自負踈雋傲誕不事繩檢往往冒法律觸刑禁叫號讙呼以發其一時之樂而不顧其禍嗜利酗酒使氣傲物志氣一發則倜然遠去不可羈束以禮法然及其一旦翻然而悟折節而不爲此以留意於嚮所謂道與德可勉強者則何病不至奈何以樸樕小道加諸其上哉夫其不肯規規以事禮法而必自縱以爲此者乃上之人之過也古之養奇傑也任之以權尊之以爵厚之以祿重之以恩責之以措置天下之務而易其平居自縱之心而聲色耳目之欲又已極於外故不待放恣而後爲樂今則不然奇傑無尺寸之柄位一命之爵食斗升之祿者過半彼又安得不越法踰禮而自快邪我又安可急之以法使不得泰然自縱邪今我繩之以法亦已急矣急之而不已而隨之以刑則彼有北走胡南走越耳噫無事

之時既不能養及其不幸一旦有邊境之患繁亂難治之事而後優詔以召之豐爵重祿以結之則彼已憾矣夫彼固非純忠者也又安肯默然於窮困無用之地而已邪周公之時天下號爲至治四夷已臣服卿大夫士已稱職當是時雖有奇傑無所復用而其禮法風俗尤復細密舉朝廷舉四海之人無不遵蹈而其八議之中猶有曰議能者況當今天下未甚至治四夷未盡臣服卿大夫士未皆稱職禮法風俗又非細密如周之盛時而奇傑之士復有困於簿書米鹽間者則反可不議其能而恕之乎所宜哀其才而貰其過無使爲刀筆吏所困則庶乎盡其才矣或曰奇傑之士有過得以免則天下之人孰不自謂奇傑而欲免其過者是終亦潰法亂教耳曰是則然矣然而奇傑之所爲必挺然出於衆人之上苟指其已成之功以號天下俾得以贖其過而其未有功者則委之以難治之事而責其成績則天下之人不敢自謂奇傑而眞奇傑者出矣

申法

古之法簡今之法繁簡者不便於今而繁者不便於古非今之法不若古之法而今之時不若古之時也先王之作法也莫不欲服民之心服民之心必得其情情然邪而罪亦然則固入吾法矣而民之情又不皆如其罪之輕重大小是以先王忿其幸而哀其無辜故法舉其略而吏制其詳殺人者死傷人者刑則以著于法使民知天子之不欲我殺人傷人耳若其輕重出入求其情而服其心者則以屬吏任吏而不任法故其法簡今則不然吏姦矣不若古之良民媮矣不若古之淳吏姦則以喜怒制其輕重而出入之或至於無辜民媮則吏雖以情出入而彼得執其罪之大小以爲辭故今之法纖悉委備不執于一左右前後四顧而不可逃是以輕重其罪出入其情皆可以求之法吏不奉法輒以舉劾任法而不任吏故其法繁古之法若方書論其大槩而增損劑量則以屬醫者使之視人之疾而參以己意今之法若鬻履旣爲其大者又

爲其次者又爲其小者以求合天下之足故其繁簡則殊而求民之情以服其心則一也然則今之法不劣於古矣而用法者尚不能無弊何則律令之所禁畫一明備雖婦人孺子皆知畏避而其間有習於犯禁而遂不改者舉天下皆知之而未嘗怪也先王欲杜天下之欺也爲之度以一天下之長短爲之量以齊天下之多寡爲之權衡以信天下之輕重故度量權衡法必資之官資之官而後天下同今也庶民之家刻木比竹繩絲縋石以爲之富商豪賈內以大出以小齊人適楚不知其孰爲斗孰爲斛持東家之尺而校之西鄰則若十指然此舉天下皆知之而未嘗怪者一也先王惡奇貨之蕩民且哀夫微物之不能遂其生也故禁民採珠貝惡夫物之僞而假真且重費也故禁民糜金以爲塗飾今也採珠貝之民溢於海濱糜金之工肩摩於列肆此又舉天下皆知之而未嘗怪者二也先王患賤之凌貴而下之僭上也故冠服器皿皆以爵列爲等差長短大小莫不有制今也工商之家曳紈錦服珠

王一人之身循其首以至足而犯法者十九此又舉天下皆知之而未嘗怪者三也先王懼天下之吏負縣官之勢以侵劫齊民也故使市之坐賈視時百物之貴賤而錄之旬輒以上百以百聞千以千聞以待官吏之私儥十則損三三則損一以聞以備縣官之公糴今也吏之私儥而從縣官公糴之法民曰公家之取於民也固如是是吏與縣官斂怨于下此又舉天下皆知之而未嘗怪者四也先王不欲人之擅天下之利也故仕則不商商則有罰不仕而商商則有征是民之商不免征而吏之商又加以罰今也吏之商既幸而不罰又從而不征資之以縣官公糴之法負之以縣官之徒載之以縣官之舟關防不譏津梁不呵然則爲吏而商誠可樂也民將安所措手此又舉天下皆知之而未嘗怪者五也若此之類不可以悉數天下之人耳習目熟以爲當然憲官法吏目擊其事亦恬而不問夫法者天子之法也法明禁之而人明犯之是不有天子之法也衰世之事也而議者皆以爲今之弊不過吏胥

骫法以爲姦而吾以爲吏胥之姦由此五者始今有盜白晝持梃入室而主人不知之禁則踰垣穿穴之徒必且相告而恣行於其家其必先治此五者而後詰吏胥之姦可也

議法

古者以仁義行法律後世以法律行仁義夫三代之盛王其教化之本出於學校蔓延於天下而形見於禮樂下之民被其風化循循翼翼務爲仁義以求避法律之所禁故其法律雖不用而其所禁亦不爲不行於其間下而至於漢唐其教化不足以動民而一於法律故其民懼法律之及其身亦或相勉爲仁義唐之初大臣房杜輩爲刑統毫氂輕重明辨别白附以仁義無所阿曲不知周公之刑何以易此但不能先使民務爲仁義使法律之所禁不用而自行如三代時然要其終亦能使民勉爲仁義而其所以不若三代者則有由矣政之失非法之罪也是以宋有天下因而循之變其節目而存其大體比閭小吏奉之以公則老姦大猾束手請

死不可漏略然而獄訟常病多盜賊常病衆則亦有由矣法之公而吏之私也夫舉公法而寄之私吏猶且若此而況法律之間又不能無失其何以爲治今夫天子之子弟卿大夫與其子弟皆天子之所優異者有罪而使與皂隸並笞而偕戮則大臣無恥而朝廷輕故有贖焉以全其肌膚而厲其節故贖金者朝廷之體也所以自尊也非與其有罪也夫刑者必痛之而後人畏焉罰者不能痛之必困之而後人懲焉今也大辟之誅輸一石之金而免貴人近戚之家一石之金不可勝數是雖使朝殺一人而輸一石之金暮殺一人而輸一石之金金不可盡身不可困況以其官而除其罪則一石之金又不皆輸焉是恣其殺人也且不笞不戮彼已幸矣而贖之又輕是啓姦也夫罪固有疑今有人或誣以殺人而不能自明者有誠殺人而官不能折以實者是皆不可以誠殺人之法坐由是有減罪之律當死而流使彼爲不能自明者邪去死而得流刑已酷矣使彼爲誠殺人者邪流而不死刑已寬矣是失實

也故有啓姦之釁則上之人常幸而下之人雖死而常無告有失實之弊則無辜者多怨而僥倖者易以免今欲刑不加重赦不加多獨於法律之間變其一端而能使不啓姦不失實其莫若重贖然則重贖之說何如曰古者五刑之尤輕者止於墨而墨之罰百鍰逆而數之極於大辟而大辟之罰千鍰此穆王之罰也周公之時則又重於此然千鍰之重亦已當今三百七十斤有奇矣方今大辟之贖不能當其三分之一古者以之赦疑罪而不及公族今也貴人近戚皆贖而疑罪不與記曰公族有死罪致刑于甸人雖君命宥不聽今欲貴人近戚之刑舉從于此則非所以自尊之道故莫若使得與疑罪皆重贖且彼雖號爲富强苟數犯法而數重困於贖金之間則不能不斂手畏法彼罪疑者雖或非其辜而法亦不至殘潰其肌體若其有罪則法雖不刑而彼固亦已困於贖金矣夫使有罪者不免於困而無辜者不至陷於笞戮一舉而兩利斯智者之爲也

兵制

三代之時舉天下之民皆兵也兵民之分自秦漢始三代之時聞有諸侯抗天子之命矣未聞有卒伍叫呼衡行者也秦漢以來諸侯之患不減於三代而御卒伍者乃如蓄虎豹圈檻一缺咆勃四出其故何也三代之兵耕而食蠶而衣故勞勞則善心生秦漢以來所謂兵者皆坐而衣食於縣官故驕驕則無所不爲三代之兵皆齊民老幼相養疾病相救出相禮讓入相慈孝有憂相弔有喜相慶其風俗優柔而和易故其兵畏法而自重秦漢以來號齊民者比之三代則既已薄矣況其所謂兵者乃其齊民之中尤爲凶悍桀黠者也故常慢法而自棄夫民耕而食蠶而衣雖不幸而不給猶不我咎也今謂之曰爾毋耕爾毋蠶爲我兵吾衣食爾他日一不充其欲彼將曰嚮謂我毋耕毋蠶今而不我給也然則變從是起矣夫以有善心之民畏法自重而不我咎欲其爲亂不可得也既驕矣又慢法而自棄以怨其上欲其不爲亂亦不可得也且

夫天下之地不加於三代天下之民衣食乎其中者又不減於三代平居無事占軍籍畜妻子而仰給於斯民者則徧天下不知其數柰何民之不日剥月割以至於流亡而無告也其患始於廢井田開阡陌一壞而不可復收故雖有明君賢臣焦思極慮而求以救其弊卒不過開屯田置府兵使之無事則耕而食耳嗚呼屯田府兵其利旣不足以及天下而後世之君又不能循而守之以至於廢陵夷及於五代燕帥劉守光又從而爲之黥面涅手之制天下遂以爲常法使之判然不得與齊民齒故其人益復自弃視齊民如越人矣　太祖旣受命懲唐季五代之亂聚重兵京師而邊境亦不曰無備損節度之權而藩鎮亦不曰無威周與漢唐邦鎮之兵強秦之郡縣之兵弱兵強故末大不掉兵弱故天下孤睽周與漢唐則過而秦則不及得其中者惟吾宋也雖然置帥之方則遠過於前代而制兵之術吾猶有疑焉何者自漢迄唐或開屯田或置府兵使之無事則耕而食而民猶且不勝其弊今屯田蓋無幾

而府兵亦已廢欲民之豐阜勢不可也國家治平日久民之趨於農者日益衆而天下無萊田矣以此觀之謂斯民宜如生三代之盛時而乃戚戚嗟嗟無終歲之畜者兵食奪之也三代井田雖三尺童子知其不可復雖然依倣古制漸而圖之則亦庶乎其可也方今天下之田在官者惟二職分也籍沒也職分之田募民耕之斂其租之半而歸諸吏籍沒則鬻之否則募民耕之斂其租之半而歸諸公職分之田徧於天下自四京以降至於大藩鎮多至四十頃下及一縣亦能千畝籍沒之田不知其數今可勿復鬻然後量給其所募之民家三百畝以爲率前之斂其半者今可損之三分而取一以歸諸吏與公使之家出一夫爲兵其不欲者聽其歸田而他募謂之新軍毋黥其面毋涅其手毋拘之營三時縱之一時集之授之器械教之戰法而擇其技之精者以爲長在野督其耕在陣督其戰則其人皆良農也皆精兵也夫籍沒之田既不復鬻則歲益多田益多則新軍益衆而嚮所謂仰給於斯民者雖有

廢疾死亡可勿復補如此數十年則天下之兵新軍居十九而皆力田不事他業則其人必純固朴厚無叫呼衡行之憂而斯民不復知有餽餉供億之勞矣或曰昔者斂其半今三分而取一其無乃薄於吏與公乎曰古者公卿大夫之有田也以爲禄而其取之亦不過什一今吏旣禄矣給之田則已甚矣況三分而取一則不旣優矣乎民之田不幸而籍没非官之所待以爲富也三分而取一不猶愈於無乎且不如是則彼不勝爲兵故也或曰古者什一而稅取之薄故民勝爲兵今三分而取一可乎曰古者一家之中一人爲正卒其餘爲羡卒田與追胥竭作今家止一夫爲兵況諸古則爲逸故雖取之差重而無害此與周制稍甸縣都役少輕而稅十二無異也夫民家出一夫而得安坐以食數百畝之田征繇科斂不及其門然則彼亦優爲之矣

田制

古之稅重乎今之稅重乎周公之制園廛二十而稅一近郊十一

遠郊二十而三稍甸縣都皆無過十二漆林之征二十而五蓋周之盛時其尤重者至四分而取一其次者乃五而取一然後以次而輕始至於十一而又有輕者也今之稅雖不啻十一然而使縣官無急征無橫斂則亦未至乎四而取一與五而取一之爲多也是今之稅與周之稅輕重之相去無幾也雖然當周之時天下之民歌舞以樂其上之盛德而吾之民反慼慼不樂常若擢筋剥膚以供億其上周之稅如此吾之稅亦如此而其民之哀樂何如此之相遠也其所以然者蓋有由矣周之時用井田井田廢田非耕者之所有而有田者不耕也耕者之田資於富民富民之家地大業廣阡陌連接募召浮客分耕其中鞭笞驅役視以奴僕安坐四顧指麾於其間而役屬之民夏爲之耨秋爲之穫無有一人違其節度以嬉而田之所入己得其半耕者得其半有田者一人而耕者十人是以田主日累其半以至於富強耕者日食其半以至於窮餓而無告夫使耕者至於窮餓而不耕不獲者坐而食富強之

利猶且不可而況富強之民輸租於縣官而不免於怨嘆嗟憤何
則彼以其半而供縣官之稅不若周之民以其全力而供其上之
稅也周之十一以其全力而供十一之稅也使以其半供十一之
稅猶用十二之稅然也況今之稅又非特止於十一而已則宜乎
其怨嘆嗟憤之不免也噫貧民耕而不免於飢富民坐而飽以嬉
又不免於怨其弊皆起於廢井田井田復則貧民有田以耕穀食
粟米不分於富民可以無飢富民不得多占田以錮貧民其勢不
耕則無所得食以地之全力供縣官之稅又可以無怨是以天下
之士爭言復井田既又有言者曰奪富民之田以與無田之民則
富民不伏此必生亂如乘大亂之後土曠而人稀可以一舉而就
高祖之滅秦光武之承漢可爲而不爲以是爲恨吾又以爲不然
今雖使富民皆奉其田而歸諸公乞爲井田其勢亦不可得何則
井田之制九夫爲井井間有溝四井爲邑四邑爲丘四丘爲甸
甸方八里旁加一里爲一成成間有洫其地百井而方十里四甸

爲縣四縣爲都四都方八十里旁加十里爲一同同間有澮其地萬井而方百里百里之間爲澮者一爲洫者百爲溝者萬既爲井田又必兼備溝洫溝洫之制夫間有遂遂上有徑十夫有溝溝上有畛百夫有洫洫上有涂千夫有澮澮上有道萬夫有川川上有路萬夫之地蓋三十二里有半而其間爲川爲路者一爲澮爲道者九爲洫爲涂者百爲溝爲畛者千爲遂爲徑者萬此二者非塞谿壑平澗谷夷丘陵破墳墓壞廬舍徙城郭易疆隴不可爲也縱使能盡得平原廣野而遂規畫於其中亦當驅天下之人竭天下之糧窮數百年專力於此不治他事而後可以望天下之地盡爲井田盡爲溝洫已而又爲民作屋廬於其中以安其居而後可吁亦已迂矣井田成而民之死其骨已朽矣古者井田之興其必始於唐虞之世乎非唐虞之世則周之世無以成井田唐虞啓之至於夏商稍稍葺治至周而大備周公承之因遂申定其制度疏整其疆界非一日而遽能如此也其所由來者漸矣夫井田雖不可

爲而其實便於今今誠有能爲近井田者而用之則亦可以蘇民矣乎聞之董生曰井田雖難卒行宜少近古限民名田以贍不足名田之說蓋出於此而後世未有行者非以不便民也懼民不肯損其田以入吾法而遂因此以爲變也孔光何武曰吏民名田無過三十頃期盡三年而犯者没入官夫三十頃之田周民三十夫之田也縱不能盡如周制一人而兼三十夫之田亦已過矣而期之三年是又迫蹙平民使自壞其業非人情難用吾欲少爲之限而不禁其田嘗已過吾限者但使後之人不敢多占田以過吾限耳要之數世富者之子孫或不能保其地以復於貧而彼嘗已過吾限者散而入於他人矣或者子孫出而分之以爲幾矣如此則富民所占者少而餘地多餘地多則貧民易取以爲業不爲人所役屬各食其地之全利利不分於人而樂輸於官夫端坐於朝廷下令於天下不驚民不動衆不用井田之制而獲井田之利雖周之井田何以遠過於此哉

嘉祐集卷第五

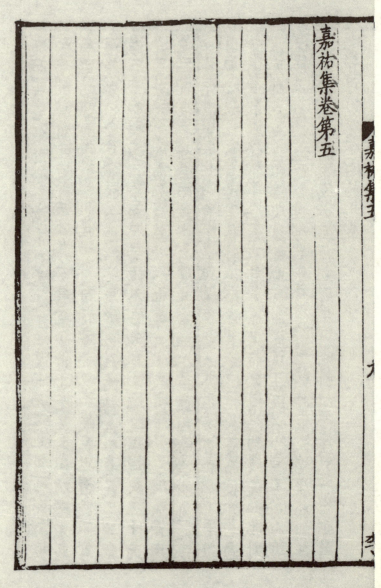

嘉祐集卷第六

趙郡蘇　洵

六經論

易論

聖人之道得禮而信得易而尊信之而不可廢尊之而不敢廢故聖人之道所以不廢者禮爲之明而易爲之幽也生民之初無貴賤無尊卑無長幼不耕而不飢不蠶而不寒故其民逸民之苦勞而樂逸也若水之走下而聖人者獨爲之君臣而使天下貴役賤爲之父子而使天下尊役卑爲之兄弟而使天下長役幼蠶而後衣耕而後食率天下而勞之一聖人之力固非足以勝天下之民之衆而其所以能奪其樂而易之以其所苦而天下之民亦遂肯弃逸而即勞欣然戴之以爲君師而遵蹈其法制者禮則使然也

聖人之始作禮也其說曰天下無貴賤無尊卑無長幼是人之相殺無已也不耕而食鳥獸之肉不蠶而衣鳥獸之皮是鳥獸與人

相食無已也有貴賤有尊卑有長幼則人不相殺食吾之所耕而衣吾之所蠶則鳥獸與人不相食人之好生也甚於逸而惡死也甚於勞聖人奪其逸死而與之勞生此雖三尺豎子知所趨避矣故其道之所以信於天下而不可廢者禮爲之明也雖然明則易達易達則褻褻則易廢聖人懼其道之廢而天下復於亂也然後作易觀天地之象以爲爻通陰陽之變以爲卦考鬼神之情以爲辭探之茫茫索之冥冥童而習之白首而不得其源故天下視聖人如神之幽如天之高尊其人而其教亦隨而尊故其道之所以尊於天下而不敢廢者易爲之幽也凡人之所以見信者以其中無所不可測者也人之所以獲尊者以其中有所不可窺者也是以禮無所不可測而易有所不可窺故天下之人信聖人之道而尊之不然則易者豈聖人務爲新奇秘怪以夸後世邪聖人不因天下之至神則無所施其教卜筮者天下之至神也而卜者聽乎天而人不預焉者也筮者決之天而營之人者也龜漫而無理者

也灼荊而鑽之方功義弓惟其所爲而人何預焉聖人曰是純乎天技耳技何所施吾教於是取筮夫筮之所以或爲陽或爲陰者必自分而爲二始掛一吾知其爲一而掛之也揲之以四吾知其爲四而揲之也歸奇於扐吾知其爲一爲二爲三爲四而歸之也人也分而爲二吾不知其爲幾而分之也天也聖人曰是天人參焉道也道有所施吾教矣於是因而作易以神天下之耳目而其道遂尊而不廢此聖人用其機權以持天下之心而濟其道於無窮也

禮論

夫人之情安於其所常爲無故而變其俗則其勢必不從聖人之始作禮也不因其勢之可以危亡困辱之者以厭服其心而徒欲使之輕去其舊而樂就吾法不能也故無故而使之事君無故而使之事父無故而使之事兄彼其初非如今之人知君父兄之不事則不可也而遂翻然以從我者吾以耻厭服其心也彼爲吾君

彼爲吾父彼爲吾兄聖人曰彼爲吾君父兄何以異於我於是坐其君與其父以及其兄而已立於其旁且俛首屈膝於其前以爲禮而謂之拜率天下之人而使之拜其君父兄夫無故而使之拜其君無故而使之拜其父無故而使之拜其兄則天下之人將復嗤笑以爲迂怪而不從而君父兄又不可以不得其臣子弟之拜而徒爲其君父兄於是聖人者又有術焉以厭服其心而使之肯拜其君父兄然則聖人者果何術也恥之而已古之聖人將欲以禮法天下之民故先自治其身使天下皆信其言曰此人也其言如是是必不可不如是也故聖人曰天下有不拜其君父兄者吾不與之齒而天下之人亦曰彼將不與我齒也於是相率以拜其君父兄以求齒於聖人雖然彼聖人者必欲天下之拜其君父兄何也其微權也彼爲吾君彼爲吾父彼爲吾兄聖人之拜不用於世吾與之皆坐於此皆立於此比肩而行于此無以異也吾一旦而怒奮手舉梃而搏逐之可也何則彼其心常以爲吾儕也何則

不見其異於吾也聖人知人之安於逸而苦於勞故使貴者逸而賤者勞且又知坐之爲逸而立且拜者之爲勞也故舉其君父兄坐之於上而使之立且拜於下明日彼將有怒作於心者徐而自思之必曰此吾嚮之所坐而拜之且立於其下者也聖人固使之逸而使我勞是賤於彼也奮手舉挺以搏逐之吾心不安焉刻木而爲人朝夕而拜之他日析之以爲薪而猶且忌之彼其始木焉已拜之猶且不敢以爲薪故聖人以其微權而使天下尊其君父兄而權者又不可以告人故先之以恥嗚呼其事如此然後君父兄得以安其尊而至于今今之匹夫匹婦莫不知拜其君父兄乃曰拜起坐立禮之末也不知聖人其始之教民拜起坐立如此之勞也此聖人之所慮而作易以神其教也

樂論

禮之始作也難而易行既行也易而難久天下未知君之爲君父之爲父兄之爲兄而聖人爲之君父兄天下未有以異其君父兄

而聖人爲之拜起坐立天下未肯靡然以從我拜起坐立而聖人
身先之以耻嗚呼其亦難矣天下惡夫死也久矣聖人招之曰來
吾生尒旣而其法可以生天下之人天下之人視其嚮也如此之
危而今也如此之安則宜何從故當其時雖難而易行旣行也天
下之人視君父兄如頭足之不待別白而後識視拜起坐立如寢
食之不待告語而後從事雖然百人從之一人不從則其勢不得
遽至乎死天下之人不知其初之無禮而死而見其今之無禮而
不至乎死也則曰聖人欺我故當其時雖易而難久嗚呼聖人之
所恃以勝天下之勞逸者獨有死生之説耳死生之説不信於天
下則勞逸之説將出而勝之勞逸之説勝則聖人之權去矣酒有
鴆肉有堇然後人不敢飲食藥可以生死然後人不以苦口爲諱
去其鴆徹其堇則酒肉之權固勝於藥聖人之始作禮也其亦逆
知其勢之將必如此也曰告人以誠而後人信之幸今之時吾之
所以告人者其理誠然而其事亦然故人以爲信吾知其理而天

下之人知其事事有不必然者則吾之理不足以折天下之口此告語之所不及也告語之所不及必有以陰驅而潛率之於是觀之天地之間得其至神之機而竊之以爲樂雨吾見其所以濕萬物也日吾見其所以燥萬物也風吾見其所以動萬物也隱隱谹谹而謂之雷者彼何用也陰凝而不散物蹙而不遂雨之所不能濕日之所不能燥風之所不能動雷一震焉而凝者散蹙者遂曰雨者曰日者曰風者以形用曰雷者以神用用莫神於聲故聖人因聲以爲樂爲之君臣父子兄弟者禮也禮之所不及而樂及焉正聲入乎耳而人皆有事君事父事兄之心則禮者固吾心之所有也而聖人之說又何從而不信乎

○詩論

人之嗜欲好之有甚於生而憤憾怨怒有不顧其死於是禮之權又窮禮之法曰好色不可爲也爲人臣爲人子爲人弟不可以有怨於其君父兄也使天下之人皆不好色皆不怨其君父兄夫豈

不善使人之情皆泊然而無思和易而優柔以從事於此則天下固亦大治而人之情又不能皆然好色之心歐諸其中是非不平之氣攻諸其外炎炎而生不顧利害趨死而後巳噫禮之權止於死生天下之事不至乎可以博生者則人不敢觸死以違吾法今也人之好色與人之是非不平之心勃然而發於中以爲可以博生也而先以死自處其身則死生之機固巳去矣死生之機去則禮爲無權區區舉無權之禮以強人之所不能則亂益甚而禮益敗今吾告人曰必無好色必無怨而君父兄彼將遂從吾言而忘其中心所自有之情邪將不能也彼既巳不能純用吾法將遂大弃而不顧吾法既巳大弃而不顧則人之好色與怨其君父兄之心將遂蕩然無所隔限而易內竊妻之變與弑其君父兄之禍必反公行於天下聖人憂焉曰禁人之好色而至於淫禁人之怨其君父兄而至於叛患生於責人太詳好色之不絕而怨之不禁則彼將反不至于亂故聖人之道嚴於禮而通於詩禮曰必無好色

必無怨而君父兄詩曰好色而無至於淫怨而君父兄而無至於叛嚴以待天下之賢人通以全天下之中人吾觀國風婉孌柔媚而卒守以正好色而不至於淫者也小雅悲傷詬讟而君臣之情卒不忍去怨而不至於叛者也故天下觀之曰聖人固許我以好色而不尤我之怨吾君父兄也許我以好色不淫可也不尤我之怨吾君父兄則彼雖以虐遇我我明識而明怨之使天下明知之則吾之怨亦得當焉不叛可也夫背聖人之法而自弃於淫叛之地者非斷不能也斷之始生於不勝人不自勝其忿然後忍弃其身故詩之教不使人之情至於不勝也夫橋之所以爲安於舟者以有橋而言也水潦大至橋必解而舟不至於必敗故舟者所以濟橋之所不及也吁禮之權窮於易達而有易焉窮於後世之不信而有樂焉窮於強人而有詩焉吁聖人之慮事也蓋詳

書論

風俗之變聖人爲之也聖人因風俗之變而用其權聖人之權用

於當世而風俗之變益甚以至於不可復反幸而又有聖人焉承其後而維之則天下可以復治不幸其後無聖人其變窮而無所復入則已矣昔者吾嘗欲觀古之變而不可得也於詩見商與周焉而不詳及觀書然後見堯舜之時與三代之相變如此之亟也自堯而至於商其變也皆得聖人而承之故無憂至於周而天下之變窮矣忠之變而入於質質之變而入於文其勢便也及夫文之變而又欲反之於忠也是猶欲移江河而行之山也人之喜文而惡質與忠也猶水之不肯避下而就高也彼其始未嘗文焉故忠質而不辭今吾日食之以太牢而欲使之復茹其菽哉嗚呼其後無聖人其變窮而無所復入則已矣周之後而無王焉固也其始之制其風俗也固不容為其後者計也而又適不值乎聖人固也後之無王者也當堯之時舉天下而授之舜舜得堯之天下而又授之禹方堯之未授天下於舜也天下未嘗聞有如此之事也度其當時之民莫不以為大怪也然而舜與禹也受而居之安然

若天下固其所有而其祖宗既巳爲之累數十世者未嘗與其民道其所以當得天下之故也又未嘗悦之以利而開之以丹朱商均之不肖也其意以爲天下之民以我爲當在此位也則亦不俟乎援天以神之譽巳以固之也湯之伐桀也囂囂然數其罪而以告人如曰彼有罪我伐之宜也既又懼天下之民不巳悦也則又囂囂然以言柔之曰萬方有罪在予一人予一人有罪無以尒萬方如曰我如是而是亦之君尒可以許我焉尒吁亦既薄矣至於武王而又自言其先祖父偕有顯功既巳受命而死其大業不克終今我奉承其志舉兵而東伐而東國之士女束帛以迎我紂之兵倒戈以納我吁又甚矣如曰吾家之當爲天子久矣如此乎民之欲我速入商也伊尹之在商也如周公之在周也伊尹攝位三年而無一言以自解周公爲之紛紛乎急於自疏其非簒也夫固由風俗之變而後用其權權用而風俗成吾安坐而鎮之夫孰知夫風俗之變而不復反也

春秋論

賞罰者天下之公也是非者一人之私也位之所在則聖人以其權爲天下之公而天下以懲以勸道之所在則聖人以其權爲一人之私而天下以榮以辱周之衰也位不在夫子而道在焉夫子以其權是非天下可也而春秋賞人之功赦人之罪去人之族絶人之國貶人之爵諸侯而或書其名大夫而或書其字不惟其法惟其意不徒曰此是此非而賞罰加焉則夫子固曰我可以賞罰人矣賞罰人者天子諸侯事也夫子病天下之諸侯大夫僭天子諸侯之事而作春秋而已則爲之其何以責天下位公也道私也私不勝公則道不勝位位之權得以賞罰而道之權不過於是非道在我矣而不得爲有位者之事則天下皆曰位之不可僭也如此不然天下其誰不曰道在我則是道者位之賊也曰夫子豈誠賞罰之邪徒曰賞罰之耳庸何傷曰我非君也非吏也執塗之人而告之曰某爲善某爲惡可也繼之曰某爲善吾賞之某爲惡吾

誅之則人有不笑我者乎夫子之賞罰何以異此然則何足以爲夫子何足以爲春秋曰夫子之作春秋也非曰孔氏之書也又非曰我作之也賞罰之權不以自與也曰此魯之書也魯作之也有善而賞之曰魯賞之也有惡而罰之曰魯罰之也何以知之曰夫子繫易謂之繫辭言孝謂之孝經皆自名之則夫子私之也而春秋者魯之所以名史而夫子託焉則夫子公之也公之以魯史之名則賞罰之權固在魯矣春秋之賞罰自魯而及于天下天子之權也魯之賞罰不出境而以天子之權與之何也曰天子之權在周夫子不得已而以與魯也武王之崩也天子之位當在成王而成王幼周公以爲天下不可以無賞罰故不得已而攝天子之位以賞罰天下以存周室周之東遷也天子之權當在平王而平王昏故夫子亦曰天下不可以無賞罰而魯周公之國也居魯之地者宜如周公不得已而假天子之權以賞罰天下以尊周室故以天子之權與之也然則假天子之權宜如何曰如齊桓晉文可也

夫子欲魯如齊桓晉文而不遂以天子之權與齊晉者何也齊桓晉文陽爲尊周而實欲富强其國故夫子與其事而不與其心周公心存王室雖其子孫不能繼而夫子思周公而許其假天子之權以賞罰天下其意曰有周公之心而後可以行桓文之事此其所以不與齊晉而與魯也夫子亦知魯君之才不足以行周公之事矣顧其心以爲今之天下無周公故至此是故以天子之權與其子孫所以見思周公之意也吾觀春秋之法皆周公之法而又詳内而畧外此其意欲魯法周公之所爲且先自治而後治人也明矣夫子歎禮樂征伐自諸侯出而田常弑其君則沐浴而請討然則天子之權夫子固明以與魯也子貢之徒不達夫子之意續經而書孔丘卒夫子旣告老矣大夫告老而卒不書而夫子獨書夫子作春秋以公天下而豈私一孔丘哉嗚呼夫子以爲魯國之書而子貢之徒以爲孔氏之書也歟遷固之史有是非而無賞罰彼亦史臣之體宜尔也後之效夫子作春秋者吾惑焉春秋有天

子之權天下有君則春秋不當作天下無君則天子之權吾不知其誰與天下之人烏有如周公之後之可與者與之而不得其人則亂不與人而自與則僭不與人不自與而無所與則散嗚呼後之春秋亂邪僭邪散邪

嘉祐集卷第六

嘉祐集六

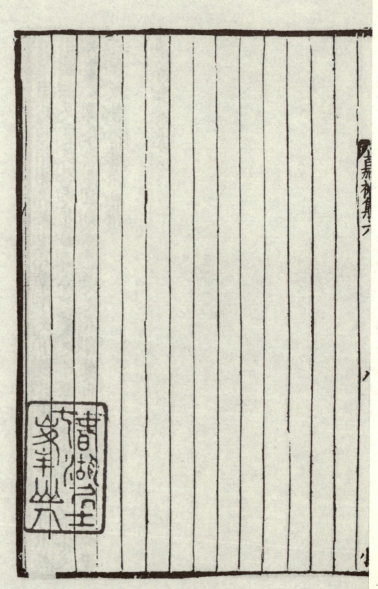

嘉祐集卷第七

太玄論

（太玄論）

太玄論上

蘇子曰言無有善惡也苟有得乎吾心而言也則其辭不索而獲夫子之於易吾見其思焉而得之者也於春秋吾見其感焉而得之者也於論語吾見其觸焉而得之者也思焉而得故其言深感焉而得故其言切觸焉而得故其言易聖人之言得之天而不以人參焉故夫後之學者可以天遇而不可以人得也方其爲書也猶其爲言也方其爲言也猶其爲心也書有以加乎其言言有以加乎其心聖人以爲自欺後之不得乎其心而爲言不得乎其言而爲書吾於揚雄見之矣疑而問問而辯問辯之道也揚雄之法言辯乎其不足問也問乎其不足疑也求聞於後世而不待其有

得君子無取焉耳太玄者雄之所以自附於夫子而無得於心者也使雄有得於心吾知太玄之不作何則瘍醫之不爲疾醫樂其有得於瘍也疾醫之不能爲而喪其所以爲瘍此瘍醫之所懼也若夫妄人礪鍼磨砭乃欲爲俞附扁鵲之事彼誠無得於心而後於外也使雄有孟軻之書而肯以爲太玄邪惟其所得之不足樂故大爲之名以僥倖於聖人而已且夫易之所爲作者雄不知也以爲數邪以爲道邪惟其爲道也故六十卦而無加六十四卦而無損及其以爲數而後有六日七分之說生焉聖人之意曰六十四卦者易也六日七分者吾以爲歷也在歷以數勝在易以道勝然則易之所爲作其亦可知矣蓋自漢以來六經始有異論夫聖人之言無所不通而其用意固有所在也惟其求而不可得於是乃始雜取天下奇怪可喜之說而納諸其中而天下之士乎曲學小數者亦欲自附於六經以求信於天下然而君子不取也太玄者雄所以擬易也觀其始於一而終於八十一是四乘之極而不

可加也從三方之筭而九之并夜於晝爲二百四十有三日三分
其方而一以爲三州三分其州而一以爲三部二分其部而一以
爲三家此猶六十之不可加而六十四之不可損也雄以爲未也
從而加之曰蹢又曰羸曰吾以求合乎三百六十有五與夫四分
之一者也曰蹢也曰羸也是何爲者或曰以象四分之一在羸而
不在蹢蹢者斗之二十六也或曰以象閏閏之積也起於難之七
而於此加焉是強爲之辭也且其言曰譬諸人增則贅而割則虧
今也重不足於歷而輕以其書加焉是不爲太玄也爲太初歷也
聖人之所略揚雄之所詳聖人之所重揚雄之所忽是其爲道不
足取也道之不足取也吾乃今求其數求合乎三百六十有五與
夫四分之一者固雄意也贊之七百三十有一是日之三百六十
有五與夫四分之二也後之學者曰吾不知夫二十八宿之次與
夫日行之度也而於太玄焉求之則吾懼夫積日之無以處也歷
者天下之至微要之千載而可行者也四分而加一是四歲而加

一日也率四歲而加之千載之後吾恐大冬之爲大夏也且夫四分其日而贅得二焉故贅者可以爲偶而不可以爲奇其勢然也雄之所欲加者四分之三而所加者四是其爲數不足考也君子之爲書猶工人之作器也見其形以知其用有鼎而加柄焉是無問其工之材不材與其金之良苦而其不可以爲鼎者固已明矣況乎加踦與嬴而不合乎二十八宿之度是柄而不任操吾無取也已

太玄論中

四分日之一或曰一百分日之二十五在四以爲一在百以爲二十五惟其所在而加之豈有常數哉六日七分者以八十言者也苟有以適於用吾斯從而加之矣坎離震兌各守其方而六十卦之爻分散於三百六十日聖人不以五日四分日之一者害其爲易而以七分者加焉此非有所法乎日月星辰之度天地五行之數也以爲上之不可以八而下之不可以六故以七分者加之使

夫易者亦不爲無用於歷而已矣夫八十分與夫七分者皆非其所以爲易也上下而爲卦九六而爲爻此其所以爲易也聖人不於其所以爲易者加之故加焉而不害其爲易若夫四位而爲首九行而爲贊此正其所以爲太玄者也而雄於此加焉故吾不知其爲太玄也始於中之一而訖於養之九闕焉而未見者四分日之三而已矣以一百八分而爲日以一分而加之一首之外盡八十一首而四分日之三者可以見矣觀周之一知晝夜之不在乎奇偶而在其所承觀中之九知休咎之不在乎晝夜而在其所處故積其分至於養之九而可以無患蓋易之本六日以爲卦太玄之初四日有半以爲首而皆以四百八十七分求合乎二十八宿之度加分而其數定去踦贏而其道勝吾無憾焉耳

太玄論下

太玄之策三十有六虛三而三十有三用焉曰其說出於易易曰大衍之數五十其用四十有九是雄之所以爲虛三之說也夫大

衍之數是數之宗而萬物之所取用也今夫蓍亦用者之一而已矣或用其千萬或用其一二唯其所用而蓍也用其四十有九焉五者生之終也十者成之極也生之終成之極則天下又何以過之故曰五十五十者五十有五去也非四十有九而益一去也天下之數於是宗焉則玄無乃亦將取之且夫四十有九者豈有他哉極其所當用之數而取之於大衍吾將以老陽之九而明之則夫七八六者可以從而見焉今夫一爻而三變一變而挂一是三用也四四揲之歸奇於扐是十用也既扐而數其餘是三十有六用也三與十與三十六而四十九之數成焉增之則贏損之則虧四十有九足以成爻而未始有虛一之道吾不知先儒何從而得之也聖人之所爲當然而然耳區區於天地五行之數而牽合於其間者亦見其勞而無取矣聖人觀乎三才之體而取諸其象故八卦皆以三畫及其欲推之於六十四也則從而六之吾又不知先儒之何以配乎六也聖人之意直曰非六無以變非六無以變

是非四十九無以揲也太玄之筭極於三以三而計之掛其一再扐其五而數其餘之二十七是亦三十三之數不可以有加也今其說曰三六又曰二九又曰倍天之數又曰地虛三以扐天三皆求易之過也夫卜筮者聖人所以探吉凶之自然故爲是不可逆知之數而寓諸其無心之物故雖折草毀瓦而皆有以前禍福之兆聖人懼無以自神其心而交於冥莫恍惚之間也故擇時日登龜取蓍而廟藏焉聖人之視蓍龜也若或依之以自神其心而非蓍龜之能靈也況乎區區牽合於天地五行之數其說固已迂矣卜筮者爲不可逆知者也且筮用三經皆奇夕筮用三緯日中夜中用二經一緯皆奇偶雜則是吉凶之純駁不在其逢而在其時使夫旦筮者不爲大休則爲大咎而日中夜中與夫夕筮者大休大咎終不可得而遇也中之九曰顛靈氣形反當晝而凶蓋有之矣占從其詞不從其數其誰曰不可吾欲去其踦與其贏加其首之一分損其蓍之三策不從其數之可以逆知而從其詞之不可

以前定庶乎其無罪也

太玄揔例 并引

吾既作太玄論或者讀揚子之書未知其詳而以意詰吾説病辭之不給也爲作此例凡雄之法與夫先儒之論其可取者皆在有未盡傳之已意曰姑觀是焉蓋雄者好奇而務深故辭多夸大而可觀者鮮始之以十八策中之以三十六終之以七十二積之以二萬六千二百四十四張而不已誰不能然蓋揔例之外無觀焉

四位　九贊　八十一首　揲法

占法　推玄筭　求表之贊　曆法

四位

玄首之數在乎方州部家推玄筭備矣　初揲而得之爲家逆而次之極於方凡所以謂之方州部家者義不在乎其數也取天下有別之名而加之耳夫天下之大所以略別之者謂之方方之中分之稍詳者謂之州舉一類而爲之所者謂之部舉一人而爲之別者謂

之家蓋方者別之大而方者其小別者也故玄家一一而轉而有
八十一家部三三而轉而有七十七部州九九而轉而有九州方
二十七而轉而有三方四者旋相爲配而無所不遇故有八十一首

九贊

方州部家之於玄一首而加一筭故四位皆及於三而其筭止於
八十一率一筭而九贊系之贊者所以爲首之日而筭者所以爲
首之次也故二者並行而其用各異非如易之六畫有以應乎六
爻之詞也玄之大體以二贊而當一日贊之奇偶或以爲晝或以
爲夜奇首之晝在乎贊之奇偶首之晝在乎贊之偶率十有八贊
而後九日備一首而九贊其勢然也故於九贊之間三三相附以
當天之始中終地之下中上與人之思禍福三者自相變而皆可
以當其一首之贊故玄之所以有九行者亦以其贊言也五行之
次水始於一六土終五十而玄數不及十説者以爲土君象也水
火木金四者是當先後於土者也至於八十一首之間則亦以九

九相從以當天地人三者之變與夫九行之數故舉其首之當水與天之始始地之下下人之思内者以爲九天謂中羨從更睟廓減沉成也

八十一首

一首而九贊二贊爲一日率一首而四日有半奇首之次九爲偶首初一之晝故自奇之一至於偶之一而後得爲五日觀范望之注而考之其星度則奇首之九贊爲五日而偶首止於四范注周之初一日入牛六度礥之初一日入女二度玄視曰九日平分范説非也蓋一首之數定而八十一首之數從可知矣日之周天三百六十五度四分度之一玄之八十一首而未增踦嬴也當其三百六十四度有半於天度爲不及故踦與嬴者又加其一度焉玄論備矣夫方州部家之筭雖無與乎贊之日然及夫推而求其日也皆舉筭而以九乘焉故夫筭者亦可以通之於日也四位皆及於三而周天之日亦可以槩見於其中矣三方之筭五十有四九之半之爲二百四十三日三州之筭十有八九之半之爲八十一日三部之筭六九之半之爲二

十七日三家之筭三九之半之爲十三日有半而踦贏不與焉故列方州部家之極數而以所得之日系之其下而爲圖主以太初曆作故節候星度皆據焉

三方

中一二 牛 冬至	三四	五六	七八	九 周一	二三	四五	六七	八九 女
礥一二	三四	五六	七八	九 閑一	二三	四五 小寒	六七	八九
少一二	三四	五六 虛	七八	九 戾一	二三	四五	六七	八九
上一二	三四	五六	七八 危 大寒	九 干一	二三	四五	六七	八九
狩一二	三四	五六	七八	九 羨一	二三	四五	六七	八九
差一二 立春	三四	五六 室	七八	九 童一	二三	四五	六七	八九
增一二	三四	五六	七八	九 銳一	二三	四五 雨水	六七	八九
達一二 壁	三四	五六	七八	九 交一	二三	四五	六七	八九
耎一二 奎	三四	五六	七八	九 傒一 驚蟄	二三	四五	六七	八九
從一二	三四	五六	七八	九 進一	二三	四五	六七 婁	八九

釋一二	夷一二	争一二	事一二	斷一二	裝一二	密一二	斂一二	睟一二	居一二	應一二	遇一二 柳	大一二	文一二
三四 春分	三四 胃	三四	三四	三四	三四 立夏	三四	三四	三四	三四	三四	三四	三四	三四
五六	五六	五六	五六	五六	五六	五六	五六	五六	五六	五六 夏至	五六	五六	五六
七八	七八	七八	七八	七八	七八	七八	七八	七八	七八	七八	七八	七八	七八
九 格一	九 樂一	九 務一	九 更一 穀雨	九 毅一	九 衆一	九 親一	九 彊一	九 盛一	九 法一	九 迎一	九 竈一	九 廓一	九 禮一 張
二三	二三	二三	二三	二二	二三 觜	二三	二三	二三 芒種	二三	二三 鬼	二三	二三	二三
四五	四五	四五 昴	四五	四五	四五	四五	四五	四五	四五	四五	四五	四五 星	四五 大暑
六七	六七 清明	六七	六七	六七	六七	六七	六七	六七	六七	六七	六七	六七	六七
八九	八九	八九	八九 畢	八九	八九 參	八九 井 小滿	八九	八九	八九	八九	八九 小暑	八九	八九

六

逃一二	三四	五六	七八	九唐一	二三	四五	六七	八九
常一二	三四	五六	七八 立秋	九度一 翼	二三	四五	六七	八九
永一二	三四	五六	七八	九昆一	二三	四五	六七	八九

三州

減一二 處暑	三四	五六	七八	九唫一 軫	二三	四五	六七	八九
守一二	三四	五六	七八	九翕一	二三	四五 白露	六七	八九
聚一二	三四	五六	七八 角	九積一	二三	四五	六七	八九
飾一二	三四	五六	七八 秋分	九疑一	二三	四五 亢	六七	八九
視一二	三四	五六	七八	九沈一	二三	四五 氐	六七	八九
內一二	三四 寒露	五六	七八	九去一	二三	四五	六七	八九
晦一二	三四	五六	七八 房	九瞢一	二三	四五	六七 霜降	八九 心
窮一二	三四	五六	七八	九割一 尾	二三	四五	六七	八九
止一二	三四	五六	七八	九堅一 立冬	二三	四五	六七	八九

九部

成一 二	失一 二	馴一 二		難一 二	養一 二
三 四	三 四 小雪	三 四	三家	三 四	三 四
五 六	五 六	五 六		五 六	五 六
七 八	七 八	七 八		七 八	七 八
九 闕一 箕	九 劇一	九 將一		九 勤一	九
二 三	二 三	二 三		二 三	
四 五	四 五 斗	四 五		四 五	
六 七	六 七	六 七		六 七	
八 九	八 九	八 九 大雪		八 九	

揲法

三十有六而策視焉天以三分終於六成故十八策（一二三之別數是爲三分三分之積數是爲六成三六之相乘是爲十八策）天不施地不成因而倍之地則虛三以扐天故蓍之數三十有六而揲用三十三別一以挂于左手之小指中分其餘以三數之并餘於扐再扐之後而三數其餘七爲一八爲二九爲三八扐而四位成雄之說曰一扐之後而數其餘夫一挂一扐之多不過乎六旣六而其餘二十七者可以爲九而不可以爲八九況夫不至於六哉太玄雄作其揲法宜不謬意者傳

之失也王涯之說一扐之後而三三數之三七之餘而一一數之及八以爲二及九以爲三不及八不及九從三三之數而以三七爲一是苟以牽合乎一扐之言而不知夫八者須挂一扐三而後成而扐終不可以三也易之三揲也每分輒挂而列乎三指之間玄之再扐也再扐不挂而歸於初扐之指吾於其挂而後分也見焉易分而後挂故每分輒挂挂必異處故列乎三指之間玄挂而後分故再扐不挂再扐不挂故歸於初扐之指指者視其挂者也然則不再扐吾知雄之不先挂也

占法

占有四曰星曰時曰數曰辭星者二十八宿與五行之從違也如中水牛北方宿則是星從否則違時者所筮之時與所遇之首之從違也如冬至以後筮而反遇應以下之首則是時違否則從數者首贊奇偶之從違也一三五七九陽家之畫陰家之夜二四六八陽家之夜陰家之畫畫詞多休夜詞多咎太玄因經緯以分三表南北爲經東西爲緯一六水在北二七火在南五土在中故一三二五六七爲經三八木在東四九金在西故三四八九爲緯取三經以爲旦筮之一表一五七是也取三緯以爲夕筮之一表三四

八是也取二經一𦍼以爲日中夜中並之一表二六九是也今夫旦並而遇奇首日一從二從三從是謂大休遇偶首則日一違二違三違是謂大咎日中夜中並而遇偶首日一從二從三違始中休終咎遇奇首則日一違二違三從始中咎終休夕並而遇奇首日一從二違三違始休中終咎遇偶首則日一違二從三從始咎中終休大率如此辭者辭之從違也各贊其表之辭觀始中決從終

推玄筭

家一置一二置二三置三部一勿增二增三三增六州一勿增二增九三增十八方一勿增二增二十七三增五十四四位之積筭則是其首去中之策數也

求表之贊

置首去中策數惟其所遇之首而置之如應去中四十一則置四十一減一而九之如應置四十一則減一爲四十以九乘四十得三百六十增贊惟其所求之贊而增之一則增一二則增一半之則得贊去冬至日數矣如應首九之得三百六十若求應一贊則增一爲三百六十一半得百八十有半則是應之一去冬至百八十日有半也偶爲所得日之夜奇爲所明日之晝此非一首之間一爲奇而二爲偶者也半之而奇謂之奇半之而偶謂之偶若不增一爲百八十日則是法首日之夜增一則奇乃是明日應首之晝九之者爲

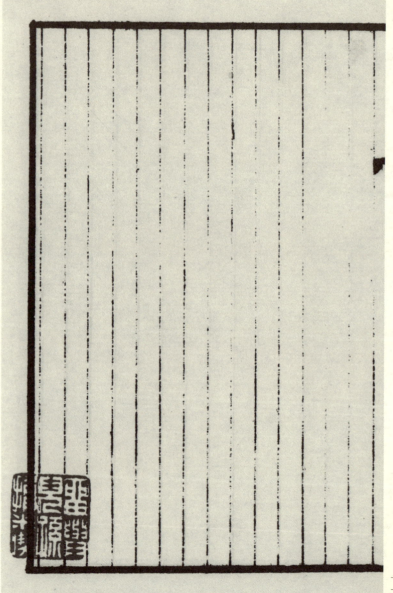

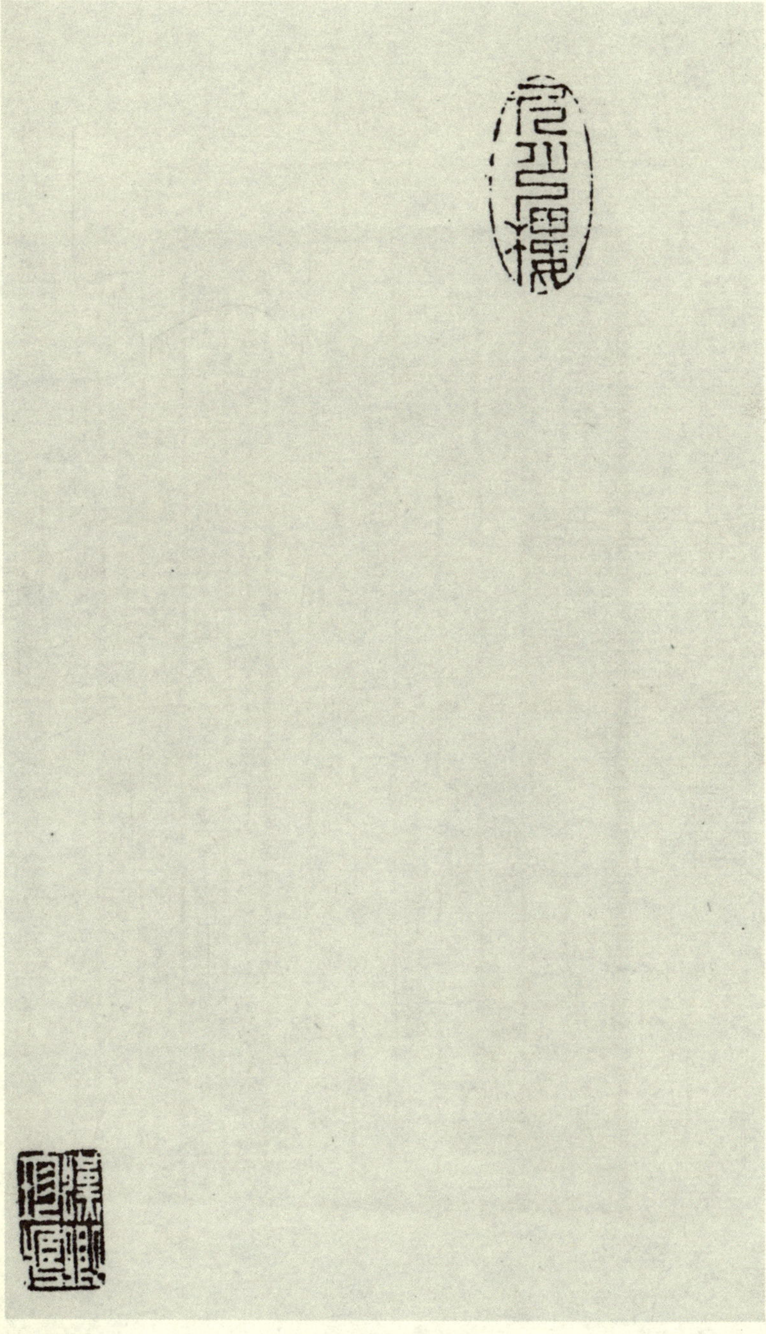

嘉祐集卷第八

趙郡蘇　洵

史論

史論上

史何爲而作乎其有憂也何憂乎憂小人也何由知之以其名知之楚之史曰檮杌檮杌四凶之一也君子不待褒而勸不待貶而懲然則史之所懲勸者獨小人耳仲尼之志大故其憂愈大憂愈大故其作愈大是以因史修經卒之論其效者必曰亂臣賊子懼由是知史與經皆憂小人而作其義一也其意一其體二故曰史焉曰經焉大凡文之用四事以實之詞以章之道以通之法以檢

之此經史所兼而有之者也雖然經以道法勝史以事詞勝經不得史無以證其褒貶史不得經無以酌其輕重經非一代之實錄史非萬世之常法體不相沿而用實相資焉夫易禮樂詩書言聖人之道與法詳矣然弗驗之行事仲尼懼後世以是爲聖人之私言故因赴告策書以修春秋旌善而懲惡此經之道也猶懼後世以爲己之臆斷故本周禮以爲凡此經之法也至於事則舉其略詞則務於簡吾故曰經以道法勝史則不然事旣曲詳詞亦夸耀所謂褒貶論贊之外無幾吾故曰史以事詞勝使後人不知史而觀經則所褒莫見其善狀所貶弗聞其惡實故曰經不得史無以證其褒貶使後人不通經而專史則稱謂不知所法懲勸不知所沮吾故曰史不得經無以酌其輕重經或從僞赴而書或隱諱而不書若此者衆皆適於教而已吾故曰經非一代之實錄史之一紀一世家一傳其間美惡得失固不可以一二數則其論贊數十百言之中安能事爲之褒貶使天下之人動有所法如春秋哉吾

故曰史非萬世之常法夫規矩準繩所以制器器所待而正者也然而不得器則規無所效其圓矩無所用其方準無所施其平繩無所措其直史待經而正不得史則經晦吾故曰體不相沿而用實相資焉噫一規一矩一準一繩足以制萬器後之人其務睎遷固實録可也愼無若王通陸長源輩囂囂然冗且僭則善矣

○史論下

遷固史雖以事詞勝然亦兼道與法而有之故時得仲尼遺意焉吾今擇其書有不可以文曉而可以意達者四悉顯白之其一曰隱而章其二曰直而寬其三曰簡而明其四曰微而切遷之傳廉頗也議救閼與之失不載焉見之趙奢傳傳酈食其也謀撓楚權之繆不載焉見之留侯傳固之傳周勃也汗出浹背之耻不載焉見之王陵傳傳董仲舒也議和親之疎不載焉見之匈奴傳夫頗食其勃仲舒皆功十而過一者也苟列一以疵十後之庸人必曰智如廉頗辯如酈食其忠如周勃賢如董仲舒而十功不能贖一

過則將苦其難而怠矣是故本傳晦之而他傳發之則其與善也不亦隱而章乎遷論蘇秦稱其智過人不使獨蒙惡聲論北宮伯子多其愛人長者固贊張湯與其推賢揚善贊酷吏人有所褒不獨暴其惡夫秦伯子湯酷吏皆過十而功一者也苟舉十以廢一後之凶人必曰蘇秦北宮伯子張湯酷吏雖有善不錄矣吾復何望哉是窒其自新之路而堅其肆惡之志也故於傳詳之於論於贊復明之則其懲惡也不亦直而寬乎遷表十二諸侯首魯訖吳實十三國而越不與焉夫以十二名篇而載國十三何也不數吳也皆諸侯耳獨不數吳何也用夷禮也不數而載之者何也周裔而覇盟上國也春秋書哀七年公會吳于鄫書十二年公會吳于槖皋書十三年公會晉侯及吳子于黃池此其所以雖不數而猶獲載也若越區區於南夷豺狼狐狸之與居不與中國會盟以觀華風而用夷俗之名以赴故君子即其自稱以罪之春秋書定五年於越入吳書十四年於越敗吳於醉李書哀十三年於越入吳

此春秋所以夷狄畜之也苟遷舉而措之諸侯之末則山戎獫狁
亦或庶乎其間是以絶而弃之將使後之人君觀之曰不知中國
禮樂雖勾踐之賢猶不免乎絶與弃則其賤夷狄也不亦簡而明
乎固之表八而王侯六書其人也必曰某土某王若侯某或功臣
外戚則加其姓而首目之曰號謚姓名此異姓列侯之例也諸侯
王其目止號謚豈以其尊故不曰名之邪不曰名之而實名之豈
以不名則不著邪此同姓諸侯王之例也王子侯其目爲二上則
曰號謚名名之而曰名之殺一等矣此同姓列侯之例也及其下則
　曰號謚姓名夫以同姓列侯而加之異姓之例何哉察其故蓋
元始之間王莽僞褒宗室而封之者也非天子親親而封之者也
宗室天子不能封而使王莽封之故從異姓例示天子不能有其
同姓也將使後之人君觀之曰權歸於臣雖同姓不能有名器誠
不可假人矣則其防僭也不亦微而切乎噫隱而章則後人樂得
爲善之利直而寬則後人知有悔過之漸簡而明則人君知中國

禮樂之爲貴微而切則人君知強臣專制之爲患用力寡而成功博其能爲春秋繼而俟後之史無及焉者以是夫

諫論上

古今論諫常與諷而少直其說蓋出於仲尼吾以爲諷直一也顧用之之術何如耳伍舉進隱楚王淫益甚茅焦解衣危論秦帝立悟諷固不可盡與直亦未易少之吾故曰顧用之之術何如耳然則仲尼之說非乎曰仲尼之說純乎經者也吾之說參乎權而歸乎經者也如得其術則人君有少不爲桀紂者吾百諫而百聽矣況虛己者乎不得其術則人君有少不若堯舜者吾百諫而百不聽矣況逆忠者乎然則奚術而可曰機智勇辯如古游說之士而已夫游說之士以機智勇辯濟其詐吾欲諫者以機智勇辯濟其忠請備論其效周衰游說熾於列國自是世有其人吾獨怪夫諫而從者百一說而從者十九諫而死者皆是說而死者未嘗聞然而抵觸忌諱說或甚於諫由是知不必乎諷而必乎術也說之術

可為諫法者五理諭之勢禁之利誘之激怒之隱諷之之謂也觸龍以趙后愛女賢於子未旋踵而長安君出質甘羅以杜郵之死詰張唐而相燕之行有日趙卒以兩賢王之意語燕而立歸武臣此理而諭之也子貢以内憂教田常而齊不得伐魯武公以麋鹿脅頃襄而楚不敢圖周魯連以烹醢懼垣衍而魏不果帝秦此勢而禁之也田生以萬户侯啓張卿而劉澤封朱建以富貴餌閎孺而辟陽赦鄒陽以愛幸悦長君而梁王釋此利而誘之也蘇秦以牛後羞韓而惠王按劒太息范雎以無王恥秦而昭王長跽請教酈生以助秦凌漢而沛公輟洗聽計此激而怒之也蘇代謂土偶笑田文楚人以弓繳感襄王蒯通以娶婦悟齊相此隱而諷之也五者相傾險詖之論雖然施之忠臣足以成功何則理而諭之主雖昏必悟勢而禁之主雖驕必懼利而誘之主雖怠必奮激而怒之主雖懦必立隱而諷之主雖暴必容悟則明懼則恭奮則勤立則勇容則寬致君之道盡於此矣吾觀昔之臣言必據理必濟莫

如唐魏鄭公其初實學縱橫之說此所謂得其術者歟噫龍逢比干不獲稱良臣無蘇秦張儀之術也蘇秦張儀不免爲游說無龍逢比干之心也是以龍逢比干吾取其心不取其術蘇秦張儀吾取其術不取其心以爲諫法

諫論下

夫臣能諫不能使君必納諫非眞能諫之臣君能納諫不能使臣必諫非眞能納諫之君欲君必納乎嚮之論備矣欲臣必諫乎吾其言之夫君之大天也其尊神也其威雷霆也人之不能抗天觸神忤雷霆亦明矣聖人知其然故立賞以勸之傳曰興王賞諫臣是也猶懼其選耎阿諛使一日不得聞其過故制刑以威之書曰臣下不正其刑墨是也人之情非病風喪心未有避賞而就刑者何苦而不諫哉賞與刑不設則人之情又何苦而抗天觸神忤雷霆哉自非性忠義不悅賞不畏罪誰欲以言博死者人君又安能盡得性忠義者而任之今有三人焉一人勇一人勇怯半一人怯

有與之臨乎淵谷者且告之曰能跳而越此謂之勇不然爲怯彼勇者恥怯必跳而越焉其勇怯半者與怯者則不能也又告之曰跳而越者與千金不然則否彼勇怯半者奔利必跳而越焉其怯者猶未能也須臾顧見猛虎暴然向逼則怯者不待告跳而越之如康莊矣然則人豈有勇怯哉要者以勢驅之耳君之難犯猶淵谷之難越也所謂性忠義不悅賞不畏罪者勇者也故無不諫焉悅賞者勇怯半者也故賞而後諫焉畏罪者怯者也故刑而後諫焉先王知勇者不可常得故以賞爲千金以刑爲猛虎使其前有所趨後有所避其勢不得不極言規失此三代所以興也末世不然遷其賞於不諫遷其刑於諫宜乎臣之噤口卷舌而亂亡隨之也間或賢君欲聞其過亦不過賞之而已嗚呼不有猛虎彼怯者肯越淵谷乎此無他墨刑之廢耳三代之後如霍光誅昌邑不諫之臣者不亦鮮哉今之諫賞時或有之不諫之刑缺然無矣苟增其所有有其所無則諛者直佞者忠況忠直者乎誠如是欲聞讜

言而不獲吾不信也

嚳妃論

史記載帝嚳元妃曰姜原次妃曰簡狄簡狄行浴見燕墮其卵取呑之因生契爲商始祖姜原出野見巨人跡忻然踐之因生稷爲周始祖其祖商周信矣其妃之所以生者神奇妖濫不亦甚乎商周有天下七八百年是其享天之祿以能久有社稷而其祖宗何如此之不祥也使聖人而有異於衆庶也吾以爲天地必將構陰陽之和積元氣之英以生之又焉用此二不祥之物哉燕墮卵於前取而呑之簡狄其喪心乎巨人之跡隱然在地走而避之且不暇忻然踐之何姜原之不自愛也又謂行浴出野而遇之是以簡狄姜原爲淫泆無法度之甚者帝嚳之妃稷契之母不如是也雖然史遷之意必以詩有天命鳦鳥降而生商厥初生民時惟姜原生民如何克禋克祀以弗無子履帝武敏歆攸介攸止載震載夙載生載育時惟后稷而言之吁此又遷之求詩之過也毛公之傳詩

也以鳦鳥降爲祀郊禖之候履帝武爲從高辛之行及鄭之箋而後有吞踐之事當毛之時未始有遷史也遷之説出於疑詩而鄭之説又出於信遷矣故天下皆曰聖人非人人不可及也甚矣遷之以不祥誣聖人也夏之衰二龍戲於庭藏其漦至周而發之化爲黿以生褒姒以滅周使簡狄而吞卵姜原而踐跡則其生子當如褒姒以妖惑天下柰何其有稷契也或曰然則稷何以弃曰稷之生也無菑無害或者姜原疑而弃之乎鄭莊公寤生驚姜氏姜氏惡之事固有然者也吾非惡夫異也惡夫遷之以不祥誣聖人也弃之而牛羊避遷之而飛鳥覆吾豈惡之哉楚子文之生也虎乳之吾固不惡夫異也

管仲論

管仲相桓公霸諸侯攘戎狄終其身齊國富強諸侯不叛管仲死豎刁易牙開方用桓公薨於亂五公子爭立其禍蔓延訖簡公齊無寧歲夫功之成非成於成之日蓋必有所由起禍之作不作於

作之日亦必有所由兆則齊之治也吾不曰管仲而曰鮑叔及其亂也吾不曰豎刁易牙開方而曰管仲何則豎刁易牙開方三子彼固亂人國者顧其用之者桓公也夫有舜而後知放四凶有仲尼而後知去少正卯彼桓公何人也顧其使桓公得用三子者管仲也仲之疾也公問之相當是時也吾以仲且舉天下之賢者以對而其言乃不過曰豎刁易牙開方三子非人情不可近而已嗚呼仲以爲桓公果能不用三子矣乎仲與桓公處幾年矣亦知桓公之爲人矣乎桓公聲不絕乎耳色不絕乎目而非三子者則無以遂其欲彼其初之所以不用者徒以有仲焉耳一日無仲則三子者可以彈冠相慶矣仲以爲將死之言可以縶桓公之手足邪夫齊國不患有三子而患無仲有仲則三子者三匹夫耳不然天下豈少三子之徒雖桓公幸而聽仲誅此三人而其餘者仲能悉數而去之邪嗚呼仲可謂不知本者矣因桓公之問舉天下之賢者以自代則仲雖死而齊國未爲無仲也夫何患三子者不言可

也五霸莫盛於桓文文公之才不過桓公其臣又皆不及仲靈公之虐不如孝公之寬厚文公死諸侯不敢叛晉晉襲文公之餘威得爲諸侯之盟主者百有餘年何者其君雖不肖而尚有老成人焉桓公之薨也一亂塗地無惑也彼獨恃一管仲而仲則死矣夫天下未嘗無賢者蓋有有臣而無君者矣桓公在焉而曰天下不復有管仲者吾不信也仲之書有記其將死論鮑叔賓胥無之爲人且各疏其短是其心以爲是數子者皆不足以託國而又逆知其將死則其書誕謾不足信也吾觀史鰌以不能進蘧伯玉而退彌子瑕故有身後之諫蕭何且死擧曹參以自代大臣之用心固宜如此也一國以一人興以一人亡賢者不悲其身之死而憂其國之衰故必復有賢者而後有以死彼管仲者何以死哉

明論

天下有大知有小知人之智慮有所及有所不及聖人以其大知而兼其小知之功賢人以其所及而濟其所不及愚者不知大知

而以其所不及喪其所及故聖人之治天下也以常而賢人之治
天下也以時旣不能常又不能時悲夫殆哉夫惟大知而後可以
常以其所及濟其所不及而後可以時常也者無治而不治者也
時也者無亂而不治者也日月經乎中天大可以被四海而小或
不能入一室之下彼固無用此區區小明也故天下視日月之光
儼然其若君父之威故自有天地而有日月以至于今而未嘗可
以一日無焉天下嘗有言曰叛父母褻神明則雷霆下擊之雷霆
固不能爲天下盡擊此等輩也而天下之所以兢兢然不敢犯者
有時而不測也使雷霆日轟轟焉遶天下以求夫叛父母褻神明
之人而擊之則其人未必能盡而雷霆之威無乃褻乎故夫知日
月雷霆之分者可以用其明矣聖人之明吾不得而知也吾獨愛
夫賢者之用其心約而成功博也吾獨怪夫愚者之用其心勞而
功不成也是無他也專於其所及而及之則其及必精兼於其所
不及而及之則其及必粗及之而精人將曰是惟無及及則精矣

不然吾恐蘇雄之竊笑也齊威王即位大亂三載威王一奮而諸侯震懼二十年是何修何營邪夫齊國之賢者非獨一即墨大夫明矣亂齊國者非獨一阿大夫與左右譽阿而毀即墨者幾人亦明矣一即墨大夫易知也一阿大夫易知也左右譽阿而毀即墨者幾人易知也從其易知而精之故用心甚約而成功博也天下之事譬如有物十焉吾舉其一而人不知吾之不知其九也歷數之至於九而不知其一不如舉一之不可測也而況乎不至於九也

三子知聖人汙論

孟子曰宰我子貢有若知足以知聖人汙吾爲之説曰汙下也宰我子貢有若三子者其智不足以及聖人高深幽絶之境而徒得其下者焉耳宰我曰以予觀於夫子賢於堯舜遠矣子貢曰由百世之後等百世之王莫之能違也有若曰出乎其類拔乎其萃自生民以來未有夫子之盛也是知夫子之大矣而未知夫子之所以大也宜乎謂其知足以知聖人汙而已也聖人之道一也大者

見其大小者見其小高者見其高下者見其下而聖人不知也苟有形乎吾前者吾以爲無不見也而離婁子必將有見吾之所不見焉是非物罪也太山之高百里有却走而不見者矣有見而不至其趾者矣有至其趾而不至其上者矣而太山未始有變也有高而已耳有大而已耳見之不逃不見不求見至之不拒不至不求至而三子者至其趾也顏淵從夫子游出而告人曰吾有得於夫子矣宰我子貢有若從夫子游出而告人曰吾有得於夫子矣夫子之道一也而顏淵得之以爲顏淵宰我子貢有若得之以爲宰我子貢有若夫子不知也夫子之道有高而又有下猶太山之有趾也高則難知下則易從難知故夫子之道尊易從故夫子之道行非夫子下之而求行也道固有下者也太山非能有趾而不能無趾也子貢謂夫子曰夫子之道至大也故天下莫能容夫子夫子盍少貶焉夫子不悅夫有其大而後能安其大有其小焉則亦不狹乎其小夫子有其大而子貢有其小然則無憾乎子貢之

不能安夫夫子之大也

利者義之和論

義者所以宜天下而亦所以拂天下之心苟宜也宜乎其拂天下之心也求宜乎小人邪求宜乎君子邪求宜乎君子也吾未見其不以至正而能也抗至正而行宜乎其拂天下之心也然則義者聖人戕天下之器也伯夷叔齊殉大義以餓于首陽之山天下之人安視其死而不悲也天下而果好義也伯夷叔齊其不以飢死矣雖然非義之罪也徒義之罪也武王以天命誅獨夫紂揭大義而行夫何卹天下之人而其發粟散財何如此之汲汲也意者雖武王亦不能以徒義加天下也乾文言曰利者義之和又曰利物足以和義嗚呼盡之矣君子之恥言利亦恥言夫徒利而已聖人聚天下之剛以爲義其支派分裂而四出者爲直爲斷爲勇爲怒於五行爲金於五聲爲商凡天下之言剛者皆義屬也是其爲道決裂慘殺而難行者也雖然無之則天下將流蕩忘反而無以節

制之也故君子欲行之必即於利即於利則其爲力也易戾於利則其爲力也難利在則義存利亡則義喪故君子樂以趨徒義而小人悅懌以奔利義必也天下無小人而後吾之徒義始行矣嗚呼難哉聖人滅人國殺人父刑人子而天下喜樂之有利義者與人以千乘之富而人不奢爵人以九命之貴而人不驕有義利也義利利義相爲用而天下運諸掌矣五色必有丹而色和五味必有甘而味和義必有利而義和文言之所去雖以論天德而易之道本因天以言人事説易者不求之人故吾猶有言也

嘉祐集卷第八

嘉祐集卷第九

趙郡蘇　洵

上皇帝書

嘉祐三年十二月一日眉州布衣臣蘇洵謹頓首再拜冒萬死上書
皇帝闕下臣前月五日蒙本州録到中書劄子連牒臣以兩制議
上翰林學士歐陽脩奏臣所著權書衡論幾策二十篇乞賜甄録
陛下過聽召臣試策論舍人院仍令本州發遣臣赴闕臣本田野
匹夫名姓不登於州閭今一旦卒然被召實不知其所以自通於
朝廷承命悸恐不知所爲以陛下躬至聖之資又有群公卿之賢
與天下士大夫之衆如臣等輩固宜不少有臣無臣不加損益臣
不幸有負薪之疾不能奔走道路以副陛下搜揚之心憂惶負罪
無所容處臣本凡才無路自進當少年時亦嘗欲僥倖於陛下之
科舉有司以爲不肖輒以擯落蓋退而處者十有餘年矣今雖欲
勉強扶病戮力亦自知其疎拙終不能合有司之意恐重得罪以

辱明詔且 陛下所爲千里而召臣者其意以臣爲能有所發明以
庶幾有補於 聖政之萬一而臣之所以自結髮讀書至于今茲犬
馬之齒幾已五十而猶未敢廢者其意亦欲效尺寸於當時以使
平生之志耳今雖未能奔伏 闕下以累有司而猶不忍默默卒無
一言而已也天下之事其深遠切至者臣自惟踈賤未敢遽言而
其近而易行淺而易見者謹條爲十通以塞 明詔其一曰臣聞利
之所在天下趨之是故千金之子欲有所爲則百家之市無空居
者古之聖人執其大利之權以奔走天下意有所嚮則天下爭先
爲之今 陛下有奔走天下之權而不能用何則古者賞一人而天
下勸今 陛下增秩拜官動以千計其人皆以爲已所自致而不知
戮力以報上之恩至於臨事誰當效用此由 陛下輕用其爵禄使
天下之士積日持久而得之譬如傭力之人計工而受直雖與之
千萬豈知德其主哉是以雖有能者亦無所施以爲謹守繩墨足
以自致高位官吏繁多溢于局外使 陛下皇皇汲汲求以處之而

不暇擇其賢不肖以病陛下之民而耗竭大司農之錢穀此議者所欲去而未得也臣竊思之蓋今制天下之吏自州縣令録幕職而改京官者皆未得其術是以若此紛紛也今雖多其舉官而遠其考重其舉官之罪此適足以隔賢者而容不肖且天下無事雖庸人皆足以無過一旦改官無所不爲彼其舉者曰此廉吏此能吏朝廷不知其所以爲廉與能也幸而未有敗事則長爲廉與能矣雖重其罪未見有益上下相蒙請託公行涖官六七考求舉主五六人此誰不能者臣愚以爲舉人者當使明著其迹曰某人廉吏也嘗有某事以知其廉某人能吏也嘗有某事以知其能雖不必有非常之功而皆有可紀之狀其特曰廉能而已者不聽如此則夫庸人雖無罪而不足稱者不得入其間老於州縣不足甚惜而天下之吏必皆務爲可稱之功與民興利除害惟恐不出諸己此古之聖人所以驅天下之人而使爭爲善也有功而賞有罪而罰其實一也今降官罷任者必奏曰某人有某罪其罪當然然後

朝廷舉而行之今若不著其所犯之由而特曰此不才貪吏也則
朝廷安肯以空言而加之罪今又何獨至於改官而聽其空言哉
是不思之甚也或以爲如此則天下之吏務爲可稱用意過當生
事以爲己功漸不可長臣以爲不然蓋聖人必觀天下之勢而爲
之法方天下初定民厭勞役則聖人務爲因循之政與之休息及
其久安而無變則必有不振之禍是以聖人破其苟且之心而作
其怠惰之氣漢之元成惟不知此以至於亂今天下少惰矣宜有
以激發其心使踴躍於功名以變其俗況乎冗官紛紜如此不知
所以節之而又何疑於此乎且　陛下與天下之士相期於功名而
毋苟得此待之至深也若其宏才大略不樂於小官而無聞焉者
使兩制得以非常舉之此天下亦不過幾人而已吏之有過而不
得遷者亦使得以功贖如此亦以示　陛下之有所推恩而不惜艱
之也其二曰臣聞古者之制爵祿必皆孝悌忠信脩潔博習聞於
鄉黨而達於　朝廷以得之及其後世不然曲藝小數皆可以進然

其得之也猶有以取之其弊不若今之甚也今之用人最無謂者其所謂任子乎因其父兄之資以得大官而又任其子弟子將復任其孫孫又任其子是不學而得者嘗無窮也夫得之也易則其失之也不甚惜以不學之人而居不甚惜之官其視民如草芥也固宜　朝廷自近年始有意於裁節然皆知損之而未得其所損此所謂制其末而不窮其源見其粗而未識其精僥倖之風少衰而猶在也夫聖人之舉事不唯曰利而已必將有以大服天下之心今欲有所去也必使天下知其所以去之之說故雖盡去而無疑何者恃其說明也夫所謂任子者亦猶曰信其父兄而用其子弟云尒彼其父兄固學而得之也學者任人不學者任於人此易曉也今之制苟幸而其官至於可任者舉使任之不問其始之何從而得之也且彼任於人不暇又安能任人此猶借資之人而欲從之匄貸不已難乎臣愚以為父兄之所任而得官者雖至正郎宜皆不聽任子弟唯其能自脩飾而越録躐次以至于清顯者乃聽

如此則天下之冗官必大衰少而公卿之後皆奮志爲學不待父兄之資其任而得官者知後不得復任其子弟亦當勉強不肯終老自弃於庸人此其爲益豈特一二而已

其三曰臣聞自設官以來皆有考績之法周室既亡其法廢絶自京房建考課之議其後終不能行夫有官必有課有課必有賞罰有官而無課是無官也有課而無賞罰是無課也無官無課而欲求天下之大治臣不識也然更歷千載而終莫之行行之則益以紛亂而終不可考其故何也天下之吏不可以勝考今欲人人而課之必使入於九等之中此宜其顛倒錯繆而不若無之爲便也臣觀自昔行考課者皆不得其術蓋天下之官皆有所屬之長有功有罪其長皆得以舉剌如必人人而課之於　朝廷則其長爲將安用惟其大吏無所屬而莫爲之長也則課之所宜加何者其位尊故課一人而其下皆可以整齊其數少故可以盡其能否而不謬今天下所以不大治者守令丞尉賢不肖混淆而莫之辨也夫守令丞尉賢不肖之不

辨其咎在職司之不明職司之不明其咎在無所屬而莫爲之長
陛下以無所屬之官而寄之以一路其賢不肖當使誰察之古之
考績者皆從司會而至於天子古之司會即今之尚書尚書既廢
唯御史可以揔察中外之官臣愚以爲可使朝臣議定職司考課
之法而於御史臺別立考課之司中丞舉其大綱而屬官之中選
強明者一人以專治其事以舉刺多者爲上以舉刺少者爲中以
無所舉刺者爲下因其罷歸而奏其治要使 朝廷有以爲之賞罰
其非常之功不可掩之罪又當特有以償之使職司知有所懲勸
則其下守令丞尉不容復有所依違而其所課者又不過數十人
足以求得其實此所謂用力少而成功多法無便於此者矣今天
下號爲太平其實遠方之民窮困已甚其咎皆在職司臣不敢盡
言 陛下試加採訪乃知臣言之不妄其四曰臣聞古有諸侯臣妾
其境内而卿大夫之家亦各有臣陪臣之事其君如其君之事天
子此無他其 境之内所以生殺與奪富貴貧賤者皆自我制之

此固有以臣之也其後諸侯雖廢而自漢至唐猶有相君之勢
何者其署置辟舉之權猶足以臣之也是故太守刺史坐於堂上
州縣之吏拜於堂下雖奔走頓伏其誰曰不然自 太祖受命收
天下之尊歸之京師一命以上皆上所自署而大司農衣食之自
宰相至于州縣吏雖貴賤相去甚遠而其實皆所與比肩而事主
耳是以百餘年間天下不知有權臣之威而太守刺史猶用漢唐
之制使州縣之吏事之如事君之禮皆受天子之爵皆食天子之
祿不知其何以臣之也小吏之於大官不憂其有所不從唯恐其
從之過耳今天下以貴相高以賤相諂柰何使州縣之吏趨走於
太守之庭不啻若僕妾唯唯不給故大吏常恣行不忌其下而小
吏不能正以至於曲隨諂事助以爲虐其能中立而不撓者固已
難矣此不足怪其勢固使然也夫州縣之吏位卑而祿薄去於民
最近而易以爲姦 朝廷所恃以制之者特以厲其廉隅全其節槩
而養其氣使知有所耻也且必有異材焉後將以爲公卿而安可

薄哉其尤不可者今以縣令從州縣之禮夫縣令官雖卑其所負一縣之責與京朝官知縣等耳其吏胥人民習知其官長之拜伏於太守之庭如是之不威也故輕之輕之故易爲姦此縣令之所以爲難也臣愚以爲州縣之吏事太守可恭遜卑抑不敢抗而已不至於通名贊拜趨走其下風所以全士大夫之節且以儆大吏之不法者

其五曰 臣聞爲天下者必有所不可窺是以天下有急不求其素所不用之人使天下不能幸其倉卒而取其祿位唯聖人爲能然何則其素所用者緩急足以使也臨事而取者亦不足用矣傳曰寬則寵名譽之人急則用介胄之士今者所用非所養所養非所用國家用兵之時購方略設武舉使天下屠沽健兒皆能徒手攫取 陛下之官而兵休之日雖有超世之才而惜斗升之祿臣恐天下有以窺 朝廷也今之任爲將帥卒有急難而可使者誰也 陛下之老將曩之所謂戰勝而善守者今亡矣臣愚以爲可復武舉而爲之制以革其舊弊且昔之所謂武舉者蓋疎矣其

以弓馬得者不過挽強引重市井之麤材而以策試中者亦皆記録章句區區無用之學又其取人太多天下之知兵者不宜如此之衆而待之又甚輕其第下者不免於隸役故其所得皆貪汙無行之徒豪傑之士恥不忍就宜因貢士之歲使兩制各得舉其所聞有司試其可者而 陛下親策之權略之外便於弓馬可以出入嶮岨勇而有謀者不過取一二人待以不次之位試以守邊之任文有制科武有武舉 陛下欲得將相於此乎取之十人之中豈無一二斯亦足以濟矣其六曰臣聞法不足以制天下以法而制天下法之所不及天下斯欺之矣且法必有所不及也先王知其有所不及是故存其大略而濟之以至誠使天下之所以不吾欺者未必皆吾法之所能禁亦其中有所不忍而已人君御其大臣不可以用法如其左右大臣而必待法而後能御也則其踈遠小吏當復何以哉以天下之大而無可信之人則國不足以爲國矣臣觀今兩制以上非無賢俊之士然皆奉法供職無過而已莫肯於

繩墨之外爲　陛下深思遠慮有所建明何者　陛下待之於繩墨之
内也臣請得舉其一二以言之夫兩府與兩制宜使日夜交於門
以講論當世之務且以習知其爲人臨事授任以不失其才今法
不可以相往來意將以杜其告謁之私也君臣之道不同人臣惟
自防人君惟無防之是以歡欣相接而無間以兩府兩制爲可信
邪當無所請屬以爲不可信邪彼何患無所致其私意安在其相
往來邪今兩制知舉不免用封彌謄録既奏而下御史親往涖之
凜凜如鞫大獄使不知誰人之辭又何其甚也臣愚以爲如此之
類一切撤去彼稍有知宜不忍負若其猶有所欺也則亦天下之
不才無耻者矣　陛下赫然震威誅一二人可以使天下姦吏重足而
立想聞　朝廷之風亦必有倜儻非常之才爲　陛下用也其七臣
聞爲天下者可以名器授人而不可以名器許人人之不可以一
日而知也久矣　國家以科舉取人四方之來者如市一旦使有
司第之此固非真知其才之高下大小也特以爲姑收之而已將

試之爲政而觀其悠久則必有大異不然者今進士三人之中釋褐之日天下望爲卿相不及十年未有不爲兩制者且彼以其一日之長而擅終身之富貴舉而歸之如有所負如此則雖天下之美材亦或怠而不脩其卒意恣行者人亦望風畏之不敢按此何爲者也且又有甚不便者先王制其天下尊尊相高貴貴相承使天下仰視　朝廷之尊如太山喬嶽非扳援所能及苟非有大功與出羣之才則不可以輕得其高位是故天下知有所忌而不敢覬覦今五尺童子斐然皆有意於公卿得之則不知愧不得則怨何則彼習知其一旦之可以僥倖而無難也如此則是夫輕　朝廷

臣愚以爲三人之中苟優與一官足以報其一日之長館閣臺省非舉不入彼果不才者也其安以入爲彼果才者也其何患無所舉此非獨以愛惜名器將以重　朝廷耳

其八曰臣聞古者敵國相觀不觀於其山川之險士馬之衆相觀於人而已高山大江必有猛獸怪物時見其威故人不敢褻夫不必戰勝而後服也使之常

有所忌而不敢發使吾常有所恃而無所怯耳今以中國之大使夷狄視之不甚畏敢有煩言以瀆亂吾聽此其心不有所窺其安能如此之無畏也敵國有事相待以將無事相觀以使今之所謂使者亦輕矣曰此人也爲此官也則以爲此使也今歲以某其來歲當以某又來歲當以某如縣令署役必均而已矣人之才固有所短而不可強其專對捷給勇敢又非可以學致也今必使強之彼有倉惶失次爲夷狄笑而已古者大夫出疆有可以安國家利社稷則專之今法令太密使小吏執簡記其旁一搖足輒隨而書之雖有奇才辯士亦安所效用彼夷狄觀之以爲鐏組談燕之間尚不能辦軍旅之際固宜其無人也如此將何以破其姦謀而折其驕氣哉臣愚以爲奉使宜有常人唯其可者而不必均彼其不能者陛下責之以文學政事不必強之於言語之間以敗吾事而亦稍寬其法使得有所施且今世之患以奉使爲艱危故必均而後可 陛下平世使人而皆得以辭免後有緩急使之出入死地將

皆逃邪此臣又非獨爲出使而言也其九曰臣聞刑之有赦其來遠矣周制八議有可赦之人而無可赦之時自三代之衰始聞有肆赦之令然皆因天下有非常之事凶荒流離之後盜賊垢汙之餘於是有以沛然洗濯於天下而猶不若今之因郊而赦使天下之凶民可以逆知而僥倖也平時小民畏法不敢趑趄當郊之歲盜賊公行罪人滿獄爲天下者將何利於此而又糜散帑廩以賞無用冗雜之兵一經大禮費以萬億賦斂之不輕民之不聊生皆此之故也以陛下節用愛民非不欲去此矣顧以爲所從來久遠恐一旦去之天下必以爲少恩而凶豪無賴之兵或因以爲詞而生亂此其所以重改也蓋事有不可改而遂不改者其憂必深改之則其禍必速惟其不失推恩而有以救天下之弊者臣愚以爲先郊之歲可因事爲詞特發大號如郊之赦與軍士之賜且告之曰吾於天下非有惜乎推恩也惟是凶殘之民知吾當赦輒以犯法以賊害吾良民今而後赦不於郊之歲以爲常制天下之人

喜乎非郊之歲而得郊之賞也何暇慮其後其後四五年而行之
七八年而行之又從而盡去之天下晏然不知而日以遠矣且此
出於五代之後兵荒之間所以姑息天下而安反側耳後之人相
承而不能去以至于今法令明具四方無虞何畏而不改今不爲
之計使姦人猾吏養爲盜賊而後取租賦以奉驕兵乘之以飢饉
鮮不及亂矣當此之時欲爲之計其猶有及乎 其十曰臣聞古者
所以採庶人之議爲其踈賤而無嫌也不知爵祿之可愛故其言
公不知君威之可畏故其言直今臣幸而未立于 陛下之朝無所
愛惜顧念於其心者是以天下之事陛下之諸臣所不敢盡言者
臣請得以僭言之 陛下擢用俊賢思致太平今幾年矣事垂立而
輒廢功未成而旋去 陛下知其所由乎陛下知其所由則今之在
位者皆足以有立若猶未也雖得賢臣千萬天下終不可爲何者
小人之根未去也 陛下遇士大夫有禮凡在位者不敢用褻狎戲
嫚以求親媚於 陛下而讒言邪謀之所由至於 朝廷者天下之今

皆以爲 陛下不踈遠宦官之過 陛下特以爲耳目玩弄之臣而不
知其陰賊險詐爲害最大天下之小人無由至於 陛下之前故皆
道於宦官珠玉錦繡所以爲賂者絡繹於道以間闗齟齬賢人之
謀 陛下縱不聽用而大臣常有所顧忌以不得盡其心臣故曰小
人之根未去也竊聞之道路 陛下將有意去而踈之也若如所言
則天下之福然臣方以爲憂而未敢賀也古之小人有爲君子之
所抑而反激爲天下之禍者臣每痛傷之蓋東漢之衰宦官用事
陽球爲司隷校尉發憤誅王甫等數人磔其尸于道中常侍曹節
過而見之遂奏誅陽球而宦官之用事過於王甫之未誅其後竇
武何進又欲去之而反以遇害故漢之衰至於掃地而不可救夫
君子之去小人惟能盡去乃無後患惟 陛下思 宗廟社稷之重
與天下之可畏既去之又去之既踈之又踈之刀鋸之餘必無忠
良縱有區區之小節不過幃闥掃洒之勤無益於事惟能務絕其
權使 朝廷清明而忠言嘉謨易以入則天下無事矣惟 陛下無

使爲臣之所料而後世以臣爲知言不勝大願曩臣所著二十篇略言當世之要 陛下雖以此召臣然臣觀 朝廷之意特以其文采詞致稍有可嘉而未必其言之可用也天下無事臣每每狂言以迂闊爲世笑然臣以爲必將有時而不迂闊也賈誼之策不用於孝文之時而使主父偃之徒得其餘論而施之於孝武之世夫施之於孝武之世固不如用之於孝文之時之易也臣雖不及古人惟 陛下不以一布衣之言而忽之不勝越次憂國之心效其所見且非 陛下召臣臣言無以至於 朝廷今老矣恐後無由復言故云云之多至於此也惟 陛下寬之臣洵誠惶誠懼頓首頓首謹書

嘉祐集卷第九

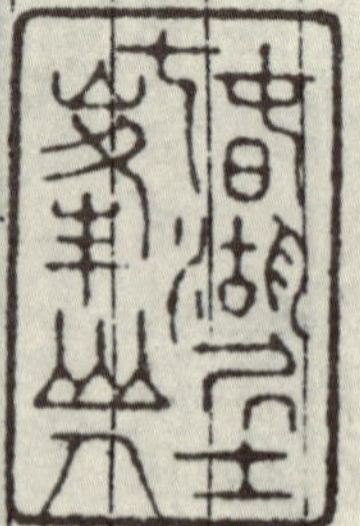

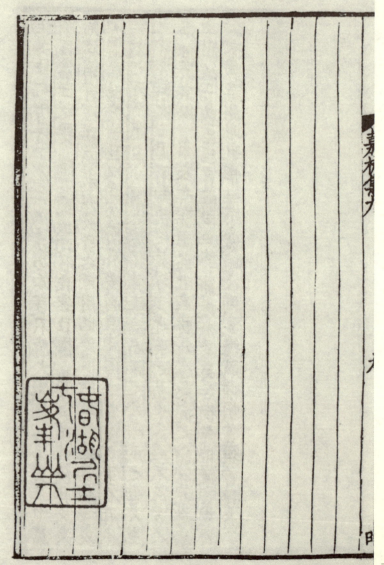

嘉祐集卷第十

上韓樞密書

太尉執事洵著書無他長及言兵事論古今形勢至自比賈誼所獻權書雖古人已往成敗之迹苟深曉其義施之於今無所不可昨因請見求進末議太尉許諾謹撰其說言語朴直非有驚世絶俗之談甚高難行之論太尉取其大綱而無責其纖悉蓋古者非用兵決勝之爲難而養兵不用之可畏今夫水激之山放之海決之爲溝塍壅之爲沼沚是天下之人能之委江河注淮泗匯爲洪波潴爲大湖萬世而不溢者自禹之後未之見也夫兵者聚天下不義之徒授之以不仁之器而教之以殺人之事夫惟天下之未

姦盜賊之未殄然後有以施其不義之心用其不仁之器而試其殺人之事當是之時勇者無餘力智者無餘謀巧者無餘技故其不義之心變而爲忠不仁之器加之於不仁而殺人之事施之於當殺及夫天下既平盜賊既殄不義之徒聚而不散勇者有餘力則思以爲亂智者有餘謀巧者有餘技則思以爲詐於是天下之患雜然出矣蓋虎豹終日而不殺則跳踉大叫以發其怒蝮蝎終日而不螫則噬齧草木以致其毒其理固然無足怪者昔者劉項奮於草莽之間秦楚無賴子弟千百爲輩爭起而應者不可勝數轉鬬五六年天下厭兵項籍死而高祖亦已老矣方將分王諸將改定律令與天下休息而韓信黥布之徒相繼而起者七國高祖死於介冑之間而莫能止也連延及於呂氏之禍訖孝文而後定是何起之易而收之難也劉項之勢初若決河順流而下誠有可喜及其崩潰四出放乎數百里之間拱手而莫能救也嗚呼不有聖人何以善其後 太祖 太宗躬擐甲冑跋

履險阻以斬刈四方之蓬蒿用兵數十年謀臣猛將滿天下一旦卷甲而休之傳四世而天下無變此何術也荆楚九江之地不分於諸將而韓信黥布之徒無以啓其心也雖然天下無變而兵久不用則其不義之心蓄而無所發飽食優游求逞於良民觀其平居無事出怨言以邀其上一日有急是非人得千金不可使也往年詔天下繕完城池西川之事洵實親見凡郡縣之富民舉而籍其名得錢數百萬以爲酒食餽餉之費杵聲未絶城輒隨壞如此者數年而後定卒事官吏相賀卒徒相矜若戰勝凱旋而徒賞者比來京師遊阡陌間其曹往往偶語無所諱忌聞之土人方春時尤不忍聞蓋時五六月矣會京師憂大水鋤耰畚築列于兩河之壖縣官日費千萬傳呼勞問之不絶者數十里猶且睊睊狼顧莫肯效用且夫內之如京師之所聞外之如西川之所親見天下之勢今何如也御將者天子之事也御兵者將之職也天子者養尊而處優樹恩而收名與天下爲喜樂者也故其道不可以御兵人

臣執法而不求情盡心而不求名出死力以捍社稷天下之心繫於一人而已不與焉故御兵者人臣之事不可以累天子也今之所患大臣好名而懼謗好名則多樹私恩懼謗則執法不堅是以天下之兵豪縱至此而莫之或制也頃者狄公在樞府號爲寬厚愛人狎昵士卒得其歡心而太尉適承其後彼狄公者知御外之術而不知治內之道此邊將材也古者兵在外愛將軍而忘天子在內愛天子而忘將軍愛將軍所以戰愛天子所以守狄公以其御外之心而施諸其內太尉不反其道而何以爲治或者以爲兵久驕不治一旦繩以法恐因以生亂昔者郭子儀去河南李光弼實代之將至之日張用濟斬於轅門三軍股栗夫以臨淮之悍而代汾陽之長者三軍之士竦然如赤子之脫慈母之懷而立乎嚴師之側何亂之敢生且夫天子者天下之父母也將相者天下之師也師雖嚴赤子不以怨其父母將相雖厲天下不以咎其君其勢然也天子者可以生人殺人故天下望其生及其殺之也天下

曰是天子殺之故天子不可以多殺人臣奉天子之法雖多殺天下無以歸怨此先王所以威懷天下之術也伏惟太尉忠天下所以長久之道而無幸一時之名盡至公之心而無卹三軍之多言夫天子推深仁以結其心太尉厲威武以振其墮彼其思天子之深仁則畏而不至於怨思太尉之威武則愛而不至於驕君臣之體順而畏愛之道立非太尉吾誰望邪不宣洵再拜

上富相公書

相公閤下往年天子震怒出逐宰相選用舊臣堪付屬以天下者使在相府與天下更始而閤下之位實在第三方是之時天下咸喜相慶以為閤下惟不為宰相也故默默在此方今困而後起起而復為宰相而又適值乎此時也不為而何為且吾之意待之如此其厚也不為而何以副吾望故咸曰後有下令而異於他日者必吾富公也朝夕而待之跂首而望之望望然而不獲見也戚戚然而疑嗚呼其弗獲聞也必其遠也進而及於京師亦無聞焉不

敢以疑猶曰天下之人如此其衆也數十年之間如此其變也皆曰
賢人焉或曰彼其中則有說也而天下之人則未始見也然而不
能無憂蓋古之君子愛其人也則憂其無成且嘗聞之古之君子
相是君也與是人也皆立於朝則使吾皆知其爲人皆善者也而
後無憂且一人之身而欲擅天下之事雖見信於當世而同列之
人一言而疑之則事不可以成今夫政出於他人而不懼事不出
於己而不忌是二者惟善人爲能然猶欲得其心焉若夫衆人政
出於他人而懼其害己事不出於己而忌其成功是以有不平之
心生夫或居於吾前或立於吾後而皆有不平之心焉則身危故
君子之處於其間也不使之不平於我也周公立於明堂以聽天
下而召公惑何者天下固惑乎大者也召公猶未能信乎吾之此
心也周公定天下誅管蔡告召公以其志以安其身以及於成王
故凡安其身者以安乎周也召公之於周公管蔡之於周公是二
者亦皆有不平之心焉以爲周之天下公將遂取之也周公誅其

不平而不可告語者告其可以告語者而和其不平之心然則非其必不可以告語者則君子未始不欲和其心天下之人從仕而至於卿大夫宰相集處其上相之所爲何慮而不成不能忍其區區之小忠以成其不平之釁則害其大事是以君子忍其小忠以容其小過而杜其不平之心然後當大事而聽命焉且吾之小忠不足以易吾之大事也故寧小容焉使無蔕芥於其間古之君子與賢者並居而同樂故其責之也詳不幸而與不肖者偶不圖其大而治其細則闊遠於事情而無益於當世故天下無事而後可與爭此不然則否昔者諸吕用事陳平憂懼計無所出陸賈入見說之使交歡周勃陳平用其策卒得絳侯北軍之助以滅諸吕夫絳侯木強之人也非陳平致之而誰也故賢人者致不賢者非夫不賢者之能致賢者也曩者　陛下即位之初寇萊公爲相惟其側有小人不能誅又不能與之無忿故終以斥去及范文正公在相府又欲以歲月盡治天下事失於急與不忍小忠故群小人亦急

逐之一去遂不復用以殁其身伏惟閤下以不世出之才立於
天子之下百官之上此其深謀遠慮必有所處而天下之人猶未
獲見洵西蜀之人也竊有志於今世願一見於堂上伏惟閤下深
思之無忽

上文丞相書

昭文相公執事天下之事制之在始始不可制制之在末是以君
子慎始而無後憂救之於其末而其始不爲無謀失諸其始而邀
諸其終而天下無遺事是故古者之制其始也有百年之前而爲
之者也蓋周公營乎東周數百年而待乎平王之東遷也然及其
收天下之士而責其賢不肖之分則未嘗於其始焉而制其極蓋
常舉之於諸侯考之於太學引之於射宮而試之弓矢如此其備
矣然而管叔蔡叔文王之子而武王周公之弟也生而與之居處
習知其性之所好惡與夫居之於太學而習之於射宮者宜愈詳
矣然其不肖之實卒不見於此時及其出爲諸侯監國臨大事而

不克自定然後敢露以見其不肖之才且夫張弓而射之一不失
容此不肖者或能焉而聖人豈以為此足以盡人之才盡將為此
名以收天下之士而後觀其臨事而黜其不肖故曰始不可制制
之在末於此有人求金於沙斂而揚之惟其揚之也精是以責金
於揚而斂則無擇焉不然金與沙礫皆不録而已矣故欲求盡天
下之賢俊莫若略其始欲求責實於天下之官莫若精其終今者
天下之官自相府而至於一縣之丞尉其為數實不可勝計然而
大數已定餘吏溢于官籍大臣建議減任子削進士以求便天下
竊觀古者之制略於始而精於終使賢者易進而不肖者易犯夫
易犯故易退易進故賢者衆衆賢進而不肖者易退夫何患官冗
今也艱之於其始竊恐夫賢者之難進與夫不肖者之無以異也
方今進退天下士大夫之權內則御史外則轉運而士大夫之間
絜然而無過可任以為吏者其實無幾耳相公何不以意推之往
年吳中復在犍為一月而發二吏中復去職而吏之以罪免者贖

歲無有也雖然此特絢之所見耳天下之大則又可知矣國家法
令甚嚴絢從蜀來見凡吏商者皆不征非追胥調發皆得役天子
之夫是以知天下之吏犯法者甚衆從其犯而黜之十年之後將
分職之不給此其權在御史轉運而御史轉運之權實在相公顧
甚易爲也今四方之士會於京師口語籍籍莫不爲此然皆莫肯
一言於其上誠以爲近於私我也絢西蜀之人方不見用於當世
幸又不復以科舉爲意是以肆言於其間而可以無嫌伏惟相公
慨然有憂天下之心征伐四國以安天子毅然立朝以威制天下
名著功遂文武並濟此其享功業之重而居富貴之極於其平生
之所望無復慊然者惟其獲天下之多士而與之皆樂乎此可以
復動其志故遂以此告其左右惟相公亮之

○上田樞密書

天之所以與我者夫豈偶然哉堯不得以與丹朱舜不得以與商
均而瞽叟不得奪諸舜發於其心出於其言見於其事確乎其不

可易也聖人不得以與人父不得奪諸其子於此見天之所以與
我者不偶然也夫其所以與我者必有以用我也我知之不得行
之不以告人天固用之我實置之其名曰弃天自畀以求幸其言
自小以求用其道天之所以與我者何如而我如此也其名曰褻
天弃天我之罪也褻天亦我之罪也其名曰逆天然則弃天褻天
者其責在我逆天者其責在人在我者吾將盡吾力之所能為者
以塞夫天之所以與我之意而求免乎天下後世之譏在人者吾
何知焉吾求免夫一身之責之不暇而為人憂乎哉孔子孟軻之
不遇老於道途而不倦不慍不怍不沮者夫固知夫責之所在也
衛靈魯哀齊宣梁惠之徒之不足相與以有為也我亦知之矣抑
將盡吾心焉耳吾心之不盡吾恐天下後世無以責夫衛靈魯哀
齊宣梁惠之徒而彼亦將有以辭其責也然則孔子孟軻之目將
不瞑於地下矣夫聖人賢人之用心也固如此如此而生如此而
死如此而貧賤如此而富貴升而為天沉而為泉流而為川止而

爲山彼不預吾事吾事畢矣竊怪夫後之賢者之不能自處其身也飢寒窮困之不勝而號於人嗚呼使吾誠死於飢寒窮困邪則天下後世之責將必有在彼其身之責不自任以爲憂而我取而加之吾身不已過乎今洵之不肖何敢以自列於聖賢然其心亦有所不甚自輕者何則天下之學者孰不欲一蹴而造聖人之域然及其不成也求一言之幾乎道而不可得也千金之子可以貧人可以富人非天之所與雖以貧人富人之權求一言之幾乎道不可得也天子之宰相可以生人可以殺人非天之所與雖以生人殺人之權求一言之幾乎道不可得也今洵用力於聖人賢人之術亦已久矣其言語其文章雖不識其果可以有用於今而傳於後與否獨怪其得之之不勞方其致思於心也若或起之得之心而書之紙也若或相之夫豈無一言之幾乎道千金之子天子之宰相求而不得者一旦在已故其心得以自負或者天其亦有以與我也曩者見執事於益州當時之文淺狹可笑飢寒窮困亂

其心而聲律記問又從而破壞其體不足觀也已數年來退居山野自分永弃與世俗日疏闊得以大肆其力於文章詩人之優柔騷人之清深孟韓之溫淳遷固之雄剛孫吳之簡切投之所嚮無不如意常以爲董生得聖人之經其失也流而爲迂晁錯得聖人之權其失也流而爲詐有二子之才而不流者其惟賈生乎惜乎今之世愚未見其人也作策二道曰審勢審敵作書十篇曰權書洵有山田一頃非凶歲可以無飢力耕而節用亦足以自老不肖之身不足惜而天之所與者不忍弃且不敢褻也執事之名滿天下天下之士用與不用在執事故敢以所謂策二道權書十篇者爲獻平生之文遠不可多致有洪範論史論七篇近以獻內翰歐陽公度執事與之朝夕相從而議天下之事則斯文也其亦庶乎得陳於前矣若夫其言之可用與其身之可貴與否者執事事也執事責也於洵何有哉

上余青州書

洵聞之楚人高令尹子文之行曰三以爲令尹而不喜三奪其令尹而不怒其爲令尹也楚人爲之喜而其去令尹也楚人爲之怒已不期爲令尹而令尹自至夫令尹子文豈獨惡夫富貴哉知其不可以求得而安其自得是以喜怒不及其心而人爲之囂囂嗟夫豈亦不足以見已大而人小邪脱然爲弃於人而不知弃之爲悲紛然爲取於人而不知取之爲樂人自爲弃我取我而吾之所以爲我者如一則亦不足以高視天下而竊笑矣哉昔者明公之初自奮於南海之濱而爲天下之名卿當其盛時激昂慷慨論得失定可否左摩西羌右揣契丹奉使千里彈壓強悍不屈之虜其辯如決河流而東注諸海名聲四溢於中原而滂薄於戎狄之國可謂至盛矣及至中廢而爲海濱之匹夫蓋其間十有餘年明公無求於人而人亦無求於明公者其後適會南蠻縱橫放肆充斥萬里而莫之或救明公乃起於民伍之中折尺箠而笞之不旋踵而南方乂安夫明公豈有求而爲之哉適會事變以成大功功成

而爵禄至明公之於進退之事蓋亦綽綽乎有餘裕矣悲夫世俗之人紛紛於富貴之間而不知自止達者安於逸樂而習爲高岸之節顧視四海飢寒窮困之士莫不顰蹙嘔噦而不樂窮者藜藿不飽布褐不暖習爲貧賤之所摧折仰望貴人之輝光則爲之顛倒而失措此二人者皆不可與語於輕富貴而安貧賤何者彼不知貧富貴賤之正味也夫惟天下之習於富貴之榮而獨於貧賤之辱者而後可與語此今夫天下之所以奔走於富貴者我知之矣而不敢以告人也富貴之極止於天子之相而天子之相果誰爲之名豈天爲之名邪其無乃亦人之自相名邪夫天下之官上自三公至於卿大夫而下至於士此四人者皆人之所自爲也而人亦自貴之天下以爲此四者絶羣離類特立於天下而不可幾近則不亦大惑矣哉蓋亦反其本而思之夫此四名者其初蓋出於天下之人出其私意以自相號呼者而已矣夫此四名者果出於人之私意所以自相號呼也則夫世之所謂賢人君子者亦何以

異此有才者爲賢人而有德者爲君子此二名者夫豈輕也哉而今世之士得爲君子者一爲世之所弃則以爲不若一命士之貴而况以與三公爭哉且夫明公昔者之伏於南海與夫今者之爲東諸侯也君子豈有間於其間而明公亦豈有以自輕而自重哉洵以爲明公之習於富貴之榮而狃於貧賤之辱其嘗之也蓋以多矣是以極言至此而無所迂曲洵西蜀之匹夫嘗有志於當世因循不遇遂至於老然其嘗所欲見者天下之士蓋有五六人五六人者已略見矣而獨明公之未嘗見每以爲恨今明公來朝而洵適在此是以不得不見伏惟加察幸甚

嘉祐集卷第十

嘉祐集卷第十一

趙郡蘇　洵

上歐陽内翰書五首　上王長安書

上張侍郎書二首　上韓舍人書

○上歐陽内翰第一書

内翰執事洵布衣窮居嘗竊有歎以爲天下之人不能皆賢不能皆不肖故賢人君子之處於世合必離離必合往者天子方有意於治而范公在相府富公爲樞密副使執事與余公蔡公爲諫官尹公馳騁上下用力於兵革之地方是之時天下之人毛髮絲粟之才紛紛然而起合而爲一而洵也自度其愚魯無用之身不足以自奮於其間退而養其心幸其道之將成而可以復見於當世之賢人君子不幸道未成而范公西富公北執事與余公蔡公分散四出而尹公亦失勢奔走於小官洵時在京師親見其事忽忽仰天歎息以爲斯人之去而道雖成不復足以爲榮也既復自思

念往者衆君子之進於朝其始也必有善人焉援之今也亦必有小人焉推之今之世無復有善人也則已矣如其不然也吾何憂焉姑養其心使其道大有成而待之何傷退而處十年雖未敢自謂其道有成矣然浩浩乎其胷中若與曩者異而余公適亦有成功於南方執事與蔡公復相繼登於朝富公復自外入爲宰相喜且自賀以爲道既已粗成而果將有以發之也既又反而思其嚮之所慕望愛悅之而不得見之者蓋有六人今將往見之矣而六人者已有范公尹公二人亡焉則又爲之潸然出涕以悲嗚呼二人者不可復見矣而所恃以慰此心者猶有四人也則又以自解思其止於四人也則又汲汲欲一識其面以發其心之所欲言而富公又爲天子之宰相遠方寒士未可遽以言通於其前余公蔡公遠者又在萬里外獨執事在朝廷間而其位差不甚貴可以叫呼扳援而聞之以言而飢寒衰老之病又痼而留之使不克自至於執事之庭夫以慕望愛悅其人之心十年而不得見而其人已

死如范公尹公二人者則四人者之中非其勢不可遽以言通者何可以不能自往而遽已也執事之文章天下之人莫不知之然竊自以爲洵之知之特深愈於天下之人何者孟子之文語約而意盡不爲巉刻斬絶之言而其鋒不可犯韓子之文如長江大河渾浩流轉魚黿蛟龍萬怪惶惑而抑遏蔽掩不使自露而人望見其淵然之光蒼然之色亦自畏避不敢迫視執事之文紆餘委備往復百折而條達疏暢無所間斷氣盡語極急言竭論而容與閒易無艱難勞苦之態此三者皆斷然自爲一家之文也惟李翺之文其味黯然而長其光油然而幽俯仰揖讓有執事之態陸贄之文遣言措意切近的當有執事之實而執事之才又自有過人者蓋執事之文非孟子韓子之文而歐陽子之文也夫樂道人之善而不爲諂者以其人誠足以當之也彼不知者則以爲譽人以求其悅已也夫譽人以求其悅己洵亦不爲也而其所以道執事光明盛大之德而不自知止者亦欲執事之知其知我也雖然執事之名

滿於天下雖不見其文而固已知有歐陽子矣而洵也不幸墮在草野泥塗之中而其知道之心又近而粗成而欲徒手奉咫尺之書自託於執事將使執事何從而知之何從而信之哉洵少年不學生二十五歲始知讀書從士君子遊年既已晚而又不遂刻意厲行以古人自期而視與己同列者皆不勝己則遂以爲可矣其後困益甚然後取古人之文而讀之始覺其出言用意與己大異時復內顧自思其才則又似夫不遂止於是而已者由是盡燒曩時所爲文數百篇取論語孟子韓子及其他聖人賢人之文而兀然端坐終日以讀之者七八年方其始也入其中而惶然博觀於其外而駭然以驚及其久也讀之益精而其胸中豁然以明若人之言固當然者然猶未敢自出其言也時既久胸中之言日益多不能自制試出而書之已而再三讀之渾渾乎覺其來之易矣然猶未敢以爲是也近所爲洪範論史論凡七篇執事觀其如何嘻區區而自言不知者又將以爲自譽以求人之知己也惟執事思

其十年之心如是之不偶然也而察之

上歐陽内翰第二書

内翰諫議執事士之能以其姓名聞乎天下後世者夫豈偶然哉以今觀之乃可以見生而同鄉學而同道以某聞某蓋有曰吾不聞者焉而況乎天下之廣後世之遠雖欲求其髣髴豈易得哉古之以一能稱以一善書者愚未嘗敢忽也今夫群群焉而生逐逐焉而死者更千萬人不稱不書也彼之以一能稱以一善書者皆有以過乎千萬人者也自孔子没百有餘年而孟子生孟子之後數十年而至荀卿子荀卿子後乃稍闊遠二百餘年而揚雄稱於世揚雄之死不得其繼千有餘年而後屬之韓愈氏韓愈氏没三百年矣不知天下之將誰與也且夫以一能稱以一善書者皆不可忽則其多稱而屢書者其爲人宜尤可貴重奈何數千年之間四人而無加此其人宜何如也天下病無斯人天下而有斯人也宜何以待之洵一窮布衣於今世最爲無用思以一能稱以一善

書而不可得者也况夫四子者之文章誠不敢冀其萬一頃者張益州見其文以爲似司馬子長洵不悦辭焉夫以布衣而王公大人稱其文似司馬遷不悦而辭無乃爲不近人情誠恐天下之人不信且懼張公之不能副其言重爲世俗笑耳若執事天下所就而折衷者也不知其不肖稱之曰子之六經論荀卿子之文也平生爲文求於千萬人中使其姓名髣髴於後世而不可得今也一旦而得齒於四人者之中天下烏有是哉意者其失於斯言也執事於文稱師魯於詩稱子美聖俞未聞其有此言也意者其戲也惟其愚而不顧日書其所爲文惟執事之求而致之旣而屢請而屢辭焉曰吾未暇讀也退而處不敢復見甚懟於朋友曰信矣其戲也雖然天下不知其爲戲將有以議執事洵亦且得罪執事憐其平生之心苟以爲可教亦足以慰其衰老唯無曰荀卿云者幸甚

與歐陽內翰第三書

洵啓昨出京倉惶遂不得一別去後數日始知悔恨蓋一時間變

出不意遂擾亂如此怏悵怏悵不審日來尊履何似二子軾轍竟不免丁憂今已到家月餘幸且存活洵道塗奔波老病侵陵成一翁矣自思平生羈蹇不過年近五十始識閤下傾蓋晤語便若平生非徒欲援之於貧賤之中乃與切磨論議共爲不朽之計而事未及成輒聞此變孟軻有云行或使之止或柅之豈信然邪洵離家時無壯子弟守舍歸來屋廬倒壞籬落破漏如逃亡人家今且謝絶過從杜門不出亦稍稍取舊書讀之時有所懷輒欲就閤下評議忽驚相去已四千里思欲跂首望見君子之門庭不可得也所示范公碑文議及申公事節最爲深厚近試以語人果無有曉者每念及此鬱鬱不樂閤下雖賢俊滿門足以嘯歌俯仰終日不悶然至於不言而心相諭者閤下於誰取之自蜀至秦山行一月自秦至京師又沙行數千里非有名利之所驅與凡事之不得已者孰爲來哉洵老矣恐不能復東閤下當時賜音問以慰孤耿病中無聊深愧疎略惟千萬珍重

上歐陽内翰第四書

洵啓夏熱伏惟提舉内翰尊候萬福嚮爲京兆尹天下謂公當由此得政其後聞有此授或以爲拂世戾俗過在於不肯鹵莽然此豈足爲公損益哉洵久不奉書非敢有懈以爲用公之奏而得召恐有私謝之嫌今者洵旣不行而朝廷又欲必致之恐聽者不察以爲匹夫而要君命苟以爲高而求名亦且得罪於門下是故略陳其一二以曉左右聞之孟軻曰仕不爲貧而有時乎爲貧洵之所爲欲仕者爲貧乎實未至於飢寒而不擇以爲爲行道乎道固不在我且　朝廷將何以待之今人之所謂富貴高顯而近於君可以行道者莫若兩制然猶以爲不得爲宰相有所牽制於其上而不得行其志爲宰相者又以爲時不可爲而我將有所待若洵又可以行道責之邪始公進其文自丙申之秋至戊戌之冬凡七百餘日而得召　朝廷之事其節目期限如此之繁且久也使洵今日治行數月而至京師旅食於都市以待命而數年間得試於所謂

舍人院者然後使諸公傳考其文亦一二年幸而以爲不謬可以
及等而奏之從中下相府相與擬議又須年載間而後可以庶幾
有望於一官如此洵固已老而不能爲矣人皆曰求仕將以行道
若此者果足以行道乎既不足以行道而又不至於爲貧是二者
皆無名焉是故其來遲遲而未甚樂也王命且再下洵若固辭必
將以爲沽名而有所希望今歲之秋軾轍已服闋亦不可不與之
俱東恐内翰怪其久而不來是以略陳其意拜見尚遠唯千萬爲
國自重

上歐陽内翰第五書

内翰侍郎執事洵以無用之才久爲天下之弃民行年五十未嘗
見役於世執事獨以爲可收而論之於天子再召之試而洵亦再
辭獨執事之意丁寧而不肯已　朝廷雖知其不肖不足以辱士大
夫之列而重違執事之意譬之巫醫卜祝特捐一官以乞之自顧
無分毫之功有益於世而王命至門不知辭讓不畏簡書朋友之

識而苟以爲榮此所以深愧於執事久而不至於門也然君子之相從本非以求利蓋亦樂乎天下之不知其心而或者之深知之也執事之於洵未識其面也見其文而知其心既見也聞其言而信其平生洵不以身之進退出處之間有謁於執事而執事亦不以稱譽薦援之故有德於洵再召而詞也執事不以爲矯而知其耻於自求一命而受也執事不以爲貪而知其不欲爲異其去不追而其來不拒其大不榮而其小不辱此洵之所以自信於心者而執事舉知之故凡區區而至門者爲是謝也禮曰仕而未有祿者君有餽焉曰獻使焉曰寡君違而君薨弗爲服也古之君子重以其身臣人者蓋爲是也哉子思孟軻之徒至於是國國君使人餽之其詞曰寡君使某有獻於從者布衣之尊而至於此惟不食其祿也今洵已有名於吏部執事其將以道取之邪則洵也猶得以賓客見不然其將與奔走之吏同趨於下風此洵所以深自憐也惟所裁擇

上王長安書

判府左丞閤下天下無事天子甚尊公卿甚貴士甚賤從士而逆數之至於天子其積也甚厚其爲變也甚難是故天子之尊至於不可指而士之卑至於可殺嗚呼見其安而不見其危知此而已矣衞懿公之死非其無人也以鶴辭而不與戰也方其未敗也天下之士望爲其鶴而不可得也及其敗也思以千乘之國與匹夫共之而不可得也人知其卒之至於知此則天子之尊可以慄慄于上而士之卑可以肆志於下又焉敢以勢言哉故夫士之貴賤其勢在天子天子之存亡其權在士世衰道喪天下之士學之不明持之不堅於是始以天子存亡之權下而就一匹夫貴賤之勢甚矣夫天下之惑也持千金之璧以易一瓦缶幾何其不舉而弃諸溝也古之君子其道相爲徒其徒相爲用故一夫不用乎此則天下之士相率而去之彼夫上之人有失天下士之憂而後有失一士之懼今之君子幸其徒之不用以苟容其身故其始也輕用

之而其終也亦輕去之嗚呼其亦何便於此世當今之世非有賢公卿不能振其前非有賢士不能奮其後洵從蜀來明日將至長安見明公而東伏惟讀其書而察其心以輕重其禮幸甚幸甚

上張侍郎第一書

侍郎執事明公之知洵洵知之明公知之他人亦知之洵之所以獲知於明公明公之所以知洵者雖暴之天下皆可以無愧今也將有所私告於執事念將以屑屑之私壞敗其至公之節欲忍而不言而不能欲言而不果勃然交於胸中心不寧而顏忸怩者累月而後決竊見古之君子知其人也憂其人以至於其父母昆弟妻子以至於其親族朋友憂之因其責也雖然自我求之則君子識焉知之而不憂不憂而求人憂則君子交識之洵之意以爲寧在我而無寧在明公故用此決其意而發其言以私告於下執事明公試一聽之洵有二子軾轍齠齔授經不知他習進趨拜跪儀狀甚野而獨於文字中有可觀者始學聲律既成以爲不足盡力

於其間讀孟韓文一見以爲可作引筆書紙日數千言坌然溢出若有所相年少狂勇未嘗更變以爲天子之爵祿可以攫取聞京師多賢士大夫欲往從之游因以舉進士洵今年幾五十以頑鈍廢於世誓將絶進取之意惟此二子不忍使之復爲湮淪弃置之人今年三月將與之如京師一門之中行者三人而居者尚十數口爲行者計則害居者爲居者計則不能行恓恓焉無所告訴夫以負販之夫左提妻右挈子奮身而往尚不可禦有明公以爲主公焉往而不濟今也望數千里之外茫然如梯天而航海蓄縮而不進洵亦羞見朋友明公居齊桓晉文之位惟其不知洵惟其知而不憂則又何說不然何求而不克輕之於鴻毛重之於太山高之於九天遠之於萬里明公一言天下誰議將使軾轍求進於下風明公引而察之有一不如所言願賜誅絶以懲欺罔之罪

上張侍郎第二書

省主侍郎執事洵始至京師時平生親舊往往在此不見者蓋十

年矣惜其老而無成問所以來者旣而皆曰子欲有求無事他人須張益州來乃濟且云公不惜數千里走表爲子求官苟歸立便殿上與天子相唯諾顧不肯邪退自思公之所與我者蓋不爲淺所不可知者唯其力不足而勢不便不然公於我無愛也聞之古人日中必彗操刀必割當此時也 天子虛席而待公其言宜無不聽用洵也與公有如此之舊適在京師且未甚老而猶足以有爲也此時而無成亦足以見他人之無足求而他日之無及也矣昨聞車馬至此有日西出百餘里迎見雪後苦風晨至鄭州脣黑面裂僮僕無人色從逆旅主人得束薪縕火良久乃能以見出鄭州十里許有導騎從東來驚愕下馬立道周云宋端明且至從者數百人足聲如雷已過乃敢上馬徐去私自傷至此伏惟明公所謂絜廉而有文可以比漢之司馬子長者蓋窮困如此豈不爲之動心而待其多言邪

上韓舍人書

舍人執事方今天下雖號無事而政化未清獄訟未衰息賦斂日重府庫空竭而大者又有二虜之不臣天子震怒大臣憂恐自兩制以上宜皆苦心焦思日夜思念求所以解吾君之憂者洵自惟閑人於國家無絲毫之責得以優游終歲咏歌先王之道以自樂時或作為文章亦不求人知以為天下方事事而王公大人豈暇見我哉是以踰年在京師而其平生所願見如君侯者未嘗一至其門有來告洵以所欲見之之意洵不敢不見然不知君侯見之而何也天子求治如此之急君侯為兩制大臣豈欲見一閑布衣與之論閑事邪此洵所以不敢遽見也自閑居十年人事荒廢漸不喜承迎將逢拜伏拳跽王公大人苟能無以此求之使得從容坐隅時出其所學或亦有足觀者今君侯辱先求之此其必有所異乎世俗者矣孟子曰段干木踰垣而避之泄柳閉門而不納是皆已甚迫斯可以見矣嗚呼吾豈斯人之徒歟欲見我而見之不欲見而徐去之何傷況如君侯平生所願見者又何辭焉不宣洵

再拜

嘉祐集卷第十一

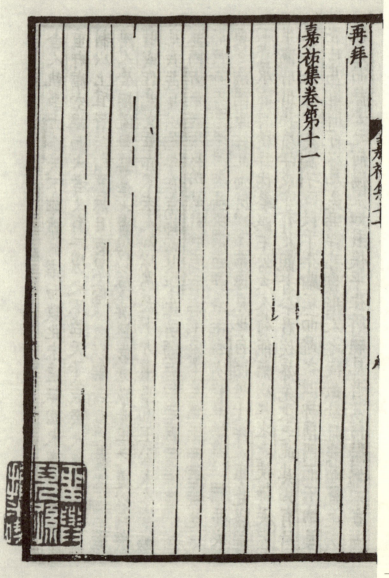

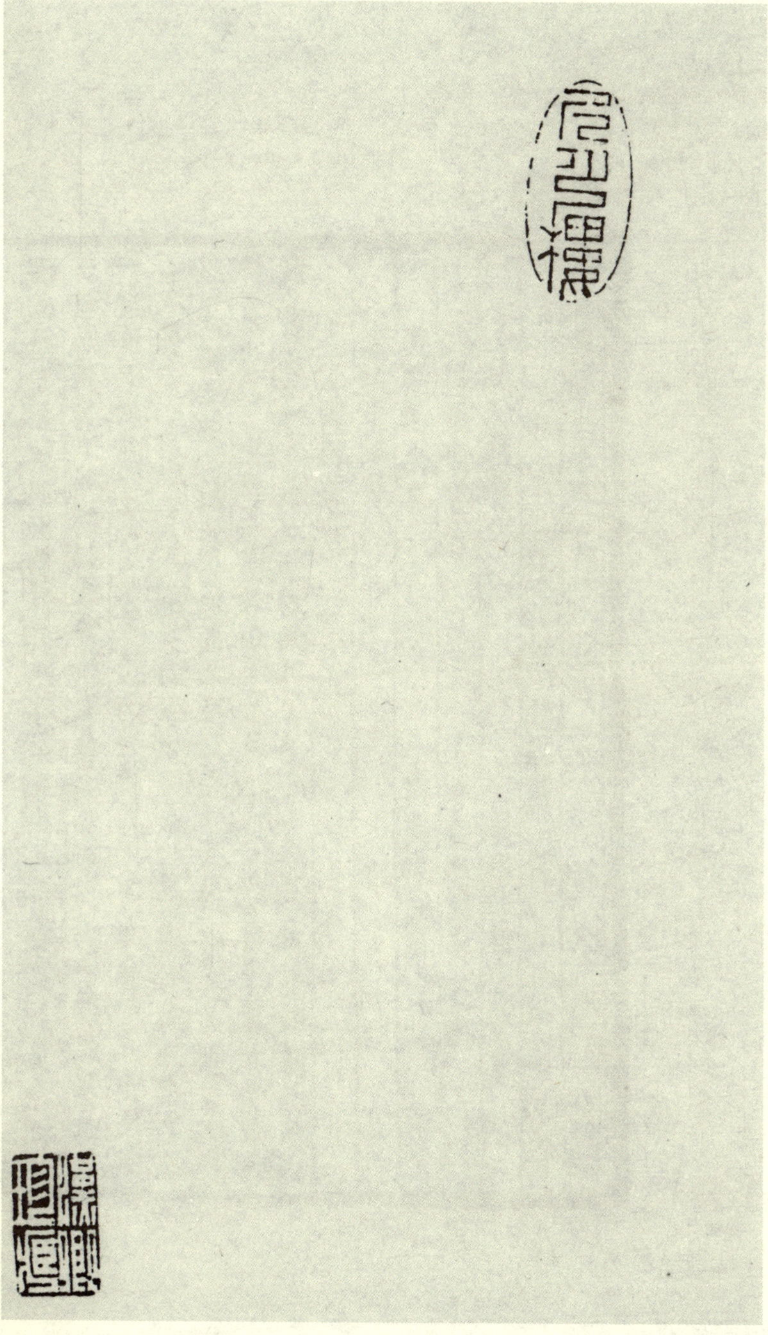

嘉祐集卷第十二

趙郡蘇洵

上韓丞相書
上韓丞相論山陵書
與梅聖俞書
荅雷太簡書
與楊節推書
與吴殿院書
謝趙司諫書

上韓丞相書

洵年老無聊家產破壞欲從相公乞一官職非敢望如朝廷所以待賢俊使之志得道行者但差勝於今粗可以養生遺老者耳去歲蒙朝廷授洵試校書郎洵亦非敢少之也使朝廷過聽而洵僥倖不過得一京官終不能如漢唐之際所以待處士者則京官之與試銜又何足分多少於其間而必爲彼不爲此邪然其所以區區無厭復有求於相公者實以家貧無貲得六七千錢誠不足以贍養又况忍窮耐老望而未可得邪凡人爲官稍可以紓意快志

者至京朝官始有其髣髴耳自此已下者皆勞勸苦骨摧折精神爲人所役使去僕隸無幾也然天下之士所以求之如不及得之而喜者彼誠少年將有所忍於此以待至於紓意快志者也若洵者計其年豈足以有待邪今且守選數年然後得窺尚書省門又待闕歲餘而到任幸而得免於負犯廢放又守選又待闕如此十四五年謹守以滿七八考又幸而有舉主五六人然後敢望於改官當此之時洵蓋七十矣譬如豫章橘柚非老人所種也洵久爲布衣無官長拘轄自覺筋骨踈強不堪爲州縣趨走拜伏小吏相公若別除一官而幸與之願得盡力就使無補亦必不至於恣睢漫漶以傷害王民也今 朝廷糊名以取人保任以得官苟應格者雖屠沽不得不與何者雖欲愛惜而無由也今洵幸爲諸公所知似不甚淺而相公尤爲有意至於一官則反覆遲疑不決者累歲嗟夫豈天下之官以洵故冗邪洵少時自處不甚卑以爲遇時得位當不鹵莽及長知取仕之難遂絶意於功名而自託於學術實

亦有得而足恃自去歲以來始復讀易作易傳百餘篇此書若成則自有易以來未始有也今也亦不甚戀戀於一官如必無可推致之理亦幸明告之無使其首鼠不決欲去而遲遲也世人施恩則望報苟有以相博則叩之也易今洵已潦倒有二子又皆抗拙如洵相公豈能施此不報之恩邪相公往時爲洵言欲爲歐陽公言子者數矣而見輒忘之以爲怪洵誠懼其或有意欲收之也而復忘之故忍耻而一言不宣洵再拜

上韓昭文論山陵書

四月二十三日將仕郎守霸州文安縣主簿禮院編纂蘇洵惶恐再拜上書昭文相公執事洵本布衣書生才無所長相公不察而辱收之使與百執事之末平居思所以仰報盛德而不獲其所今者 先帝新弃萬國 天子始親政事當海内傾耳側目之秋而相公實爲社稷柱石莫先之臣有百世不磨之功伏惟相公將何以處之古者天子即位天下之政必有所不及安席而先行之者蓋

漢昭即位休息百役與天下更始故其爲天子曾未逾月而恩澤
下布於海內竊惟當今之事天下之所謂最急而天子之所宜先
行者輒敢以告於左右竊見　先帝以儉德臨天下在位四十餘年
而宮室遊觀無所增加幃薄器皿弊陋而不易天下稱頌以爲文
景之所不若今一旦奄弃臣下而有司迺欲以末世葬送無益之
費侵削　先帝休息長養之民掇取厚葬之名而遺之以累其盛明
故洵以爲當今之議莫若薄葬竊聞頃者癸酉赦書既出郡縣無
以賞兵例皆貸錢於民民之有錢者皆莫肯自輸於是有威之以
刀劍驅之以笞箠爲國結怨僅而得之者小民無知不知與國同
憂方且狼顧而不寧而山陵一切配率之科又以復下計今不過
秋冬之間海內必將騷然有不自聊賴之人竊惟　先帝平昔之所
以愛惜百姓者如此其深而其所以檢身節儉者如此其至也推
其平生之心而計其既沒之意則其不欲以山陵重困天下亦已
明矣而臣下乃獨爲此過當逾禮之費以拂戾其平生之意竊所

不取也且使令府庫之中財用有餘一物不取於民盡公力而爲
之以稱遂臣子不忍之心猶且獲譏於聖人況夫空虛無有一金
以上非取於民則不獲而冒行不顧以徇近世失中之禮亦已惑
矣然議者必將以爲古者君子不以天下儉其親以天下之大而
不足於 先帝之葬於人情有所不順洵亦以爲不然使令儉葬而
用墨子之說則是過也不廢先王之禮而去近世無益之費是不
過矣子思曰三日而殯凡附於身者必誠必信勿之有悔焉耳矣
三月而葬凡附於棺者必誠必信勿之有悔焉耳矣古之人所由
以盡其誠信者不敢有略也而外是者則略之昔者華元厚葬其
君君子以爲不臣漢文葬於霸陵木不改列藏無金玉天下以爲
聖明而後世安於太山故曰莫若建薄葬之議上以遂 先帝恭儉
之誠下以紓百姓目前之患内以解華元不臣之譏而萬世之後
以固山陵不拔之安洵竊觀古者厚葬之由未有非其時君之不
達欲以金玉厚其親於地下而其臣下不能禁止僶俛而從之者

未有如今日之事太后至明天子至聖而有司信近世之禮而遂爲之者是可深惜也且夫相公旣巳立不世之功矣而何愛一時之勞而無所建明洵恐世之清議將有任其責者如曰詔敕巳行制度巳定雖知不便而不可復改則此又過矣蓋唐太宗之葬高祖也欲爲九丈之墳而用漢氏長陵之制百事務從豐厚及群臣建議以爲不可於是改從光武之陵高不過六丈而每事儉約夫君子之爲政與其坐視百姓之艱難而重改令之非孰若改令以救百姓之急不勝區區之心敢輒以告惟恕其狂易之誅幸甚幸甚不宣洵惶恐再拜

與梅聖俞書

聖俞足下暌間忽復歲晚昨九月中嘗發書計巳達左右洵閒居經歲益知無事之樂舊病漸復散去獨恨淪廢山林不得聖俞永叔相與談笑深以嗟惋自離京師行巳二年不意朝廷尚未見遺以其不肖之文猶有可者前月承本州發遣赴闕就試聖俞自思

僕豈欲試者惟其平生不能區區附合有司之尺度是以至此窮困今乃以五十衰病之身奔走萬里以就試不亦爲山林之士所輕笑哉自思少年嘗舉茂材中夜起坐裹飯攜餅待曉東華門外逐隊而入屈膝就席俯首據案其後每思至此即爲寒心今齒日益老尚安能使達官貴人復弄其文墨以窮其所不知邪且以永叔之言與夫三書之所云皆世之所見今千里召僕而試之蓋其心尚有所未信此尤不可苟進以求其榮利也昨適有病遂以此辭然恐無以荅 朝廷之恩因爲上 皇帝書一通以進蓋以自解其不至之罪而已不知聖俞當見之否冬寒千萬加愛

荅雷太簡書

太簡足下前月辱書承諭 朝廷將有召命且敎以東行應詔旋屬郡有符亦以此見遣承命自笑恐不足以當遂以病辭不果行計太簡亦已知之僕已老矣固非求仕者亦非固求不仕者自以閑居田野之中魚稻蔬筍之資足以養生自樂俯仰世俗之間竊觀

當世之太平其文章議論亦可以自足於一世何苦乃以衰病之身委曲以就有司之權衡以自取輕笑哉然此可爲太簡道不可與流俗人言也嚮者權書衡論幾策皆僕閑居之所爲其間雖多言今世之事亦不自求出之於世乃歐陽永叔以爲可進而進之苟朝廷以爲其言之可信則何所事試苟不信其平居之所云而其一日倉卒之言又何足信邪恐復不信祇以爲笑久居閑處終歲幸無事昨爲州郡所發遣徒益不樂尔楊旻至今未歸未得所惠書歲晚京師寒甚惟多愛

與楊節推書

洵白節推足下往者見託以先丈之埋銘示之以程生之行狀洵於子之先君耳目未嘗相接未嘗輒交談笑之歡夫古之人所爲誌夫其人者知其平生而閔其不幸以死悲其後世之無聞此銘之所爲作也然而不幸而不知其爲人而有人焉告之以其可銘之實則亦不得不銘此則銘亦可以信行狀而作者也今余不幸

而不獲知子之先君所恃以作銘者正在其行狀耳而狀又不可信嗟夫難哉然余傷夫人子之惜其先君無聞於後以請於我我既已許之而又拒之則無以卹乎其心是以不敢遂已而卒銘其墓凡子之所欲使子之先君不朽者兹亦足以不負子矣謹録以進如左然又恐子不信行狀之不可用也故又具列于後凡行狀之所云皆虛浮不實之事是以不備論論其可指之迹行狀曰公有子美琳公之死由哭美琳而慟以卒夫子夏哭子止於喪明而曾子譏之而況以殺其身此何可言哉余不愛夫吾言恐其傷子先君之風行狀曰公戒諸子無如鄉人父母在而出分夫子之鄉人誰非子之兄與子之舅甥者而余何忍言之而況不至於皆然則余又何敢言之此銘之所以不取於行狀者有以也子其無以爲怪洵白

與吴殿院書

洵啓京師會遇殊未及從容屬家有變故蒼遽西走遂不得奉別

怏悵不可勝言也嚮每見君侯談論輒盡懽而在京師逾年相見至少誠恐憲官職重是以不敢數數自適然亦老懶不出之故及今相去數千里求復一見不可得也曩曾議及故友史沆骨肉淪落荆楚閒慨然太息有收䘏之心沆有兄經臣者雖卧病而志氣卓然以豪稱鄉里使得攝尺寸之柄當不鹵莽常以爲沆死而有經臣者在或萬一能有所雪今不幸亦已死矣追思沆平生孤直不遇而經臣亦以剛見廢又皆以無後死當其生時舉世莫不讎疾惟君侯一人獨爲哀閔而數年閒兄弟相繼淪喪使仁人之心不克少施嗚呼豈其命之窮薄至於此邪經臣死家無一人後事所囑辦於朋友今其家遺孤骨肉存者獨沆有弱女在襄州耳君侯尚可以庇之使無失所否阻遠未能一一伏惟裁悉不宣洵白

謝趙司諫書

洵啓嚮家居眉陽以病懶不獲問從者常以爲閤下之所在聲之所振德之所加士以千里爲近而洵獨不能走二百里一至於門

縱不獲罪固以爲君子之弃人矣今年秋始見太守竇君京師乃知閤下過聽猥以鄙陋上塞明詔不知閤下何取於洵也洵固無取然私獨嘉以爲可辭於世者其不以馳騖得明矣洵不識閤下然仰聞君子之風嘗以私告於朋友特恨其身之不肖不得交於當世以偏致閤下之美所告者皆飢寒自謀不暇之人雖告而無益然猶以素不相識之故得免於睎勢苟附之嫌是其不識賢於識也今世之所尚相見則以數至門爲勤不相見則以數致書爲忠夫數至門者虛禮無用數致書者虛詞無觀得其無用與其無觀而加喜不得而怒此與嬰兒之好惡無異今閤下舉人而取於不相識之中則其去世俗遠矣寓居雍丘無故不至京師詹望君子日以復日頃者 朝廷猥以試校書郎見授洵不能以老身復爲州縣之吏然所以受者嫌若有所過望耳以閤下知我故言及此無怪

嘉祐集卷第十二

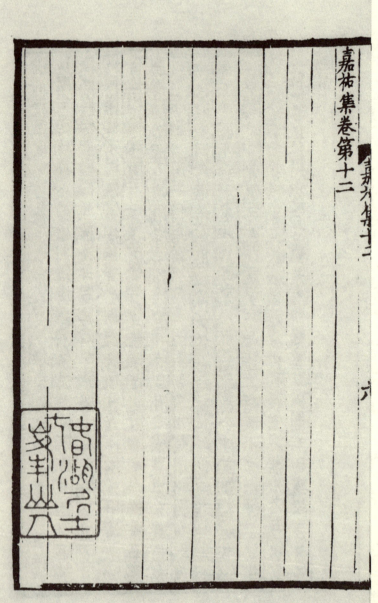

譜例

古者諸侯世國卿大夫世家死者有廟生者有宗以相次也是以百世而不相忘此非獨賢士大夫尊祖而貴宗蓋其昭穆存乎其廟遷毀之主存乎其太祖之室其族人相與爲服死喪嫁娶相告而不絶則其勢將自至於不忘也自秦漢以來仕者不世然其賢人君子猶能識其先人或至百世而不絶無廟無宗而祖宗不忘宗族不散其勢宜亡而獨存則由有譜之力也蓋自唐衰譜牒廢絶士大夫不講而世人不載於是乎由賤而貴者恥言其先由貧而富者不録其祖而譜遂大廢昔者洵嘗自 先子之日而咨考焉由今而上得五世由五世而上得一世一世之上失其世次而其本出於趙郡蘇氏以爲蘇氏族譜它日歐陽公見而嘆曰吾嘗爲

之矣出而觀之有異法焉曰是不可使獨吾二人爲之將天下舉不可無也洵於是又爲太宗譜法以盡譜之變而并載歐陽氏之譜以爲譜例附以歐陽公題劉氏碑後之文以告當世之君子蓋將有從焉者歐陽氏譜及永叔題劉氏碑後不載於此

蘇氏族譜

蘇氏族譜譜蘇氏之族也蘇氏出於高陽而蔓延于天下唐神龍初長史味道刺眉州卒于官一子留於眉眉之有蘇氏自是始而譜不及焉者親盡也親盡則曷爲不及譜爲親作也凡子得書而孫不得書何也以著代也自吾之父以至吾之高祖仕不仕娶某氏享年幾某日卒皆書而他不書何也詳吾之所自出也自吾之父以至吾之高祖皆曰諱某而他則遂名之何也尊吾之所自出也譜爲蘇氏作而獨吾之所自出得詳與尊何也譜吾作也嗚呼觀吾之譜者孝弟之心可以油然而生矣情見于親親見于服服始於衰而至於緦麻而至於無服無服則親盡親盡則情盡情盡

則喜不慶憂不弔喜不慶憂不弔則塗人也吾之所與相視如塗人者其初兄弟也兄弟其初一人之身也悲夫一人之身分而至於塗人此吾譜之所以作也其意曰分而至於塗人者勢也勢吾無如之何也已幸其未至於塗人也使之無至於忽忘焉可也嗚呼觀吾之譜者孝弟之心可以油然而生矣系之以詩曰

吾父之子今爲吾 兄吾疾在身 兄呻不寧數世之後不知何人彼死而生不爲戚欣兄弟之親如足于手其能幾何彼不相能彼獨何心

蘇氏諱釿	子祈	無嗣			
不仕娶	子福	子宗夔	子昭鳳	子惟讚	子垂象
黃氏享					子垂正
年若干					子垂範
七月二				子惟善	子垂則
十六日			子昭慶	子惟德	子琺

卒 子昭文 子渭 子瑗
子沆
子浩
子漸
子洙
子宗藝 無嗣
子宗瓊 無嗣
子禮 子晫 子昭翰 子文質 子士元
子文圭 子士能
子士良
子士寧
子士嘉
子士宗
子晙 子昭遇 無嗣

				子祐					子諱礿	不仕娶	李氏享	年五十	四七月
			子暕	子宗靄				子宗著	子宗善				子宗晏
子昭逺	子昭逸	子昭建	無嗣	子昭玘			子昭現	子德謙	子昭圖			子昭越	子昭
無嗣	無嗣	無嗣		子文實		子文寶	子文采	子永	子惟益		子惟吉	無嗣	無嗣
				子惟忠	子惟恭	無嗣	子士祥		子允元	子允滥	無嗣		

三十日——子宗昪——子德榮——子哲——子理

卒——子德外——子淳——子瑜

子舟

子德元——子汶

子諱杲——子諱序——子澹——子位

不仕娶宋氏享年五十一六月八日卒——仕至大理評事娶史氏享年七十五五月十一日卒——子渙——子佾

子澗——軾 轍

子宗晃——無嗣

子德——子子勳——子慎言——子慶昌

子復圭

子澄

族譜後錄上篇

蘇氏之先出於高陽高陽之子曰稱稱之子曰老童老童生重黎

及吴回重黎爲帝嚳火正曰祝融以罪誅其後爲司馬氏而其弟吴回復爲火正吴回生陸終陸終生子六人長曰樊爲昆吾次曰惠連爲參胡次曰籛爲彭祖次曰來言爲會人次曰安爲曹姓季曰季連爲芊姓六人者皆有後其後各分爲數姓昆吾始姓巳氏其後爲蘇顧温董當夏之時昆吾爲諸侯伯歷商而昆吾之後無聞至周有忿生爲司寇能平刑以教百姓周公稱之蓋書所謂司寇蘇公者也司寇蘇公與檀伯達皆封於河世世仕周家於其封故河南河内皆有蘇氏六國之際秦及代厲其苗裔也至漢興而蘇氏始徙入秦或曰高祖徙天下豪傑以實關中而蘇氏遷焉其後曰建家於長安杜陵武帝時爲將以擊匈奴有功封平陵侯其後世遂家於其封建生三子長曰嘉次曰武次曰賢嘉爲奉車都尉其六世孫純爲南陽太守生子曰章當順帝時爲冀州刺史又遷爲并州有功於其人其子孫遂家於趙郡其後至唐武后之世有味道味道聖歷初爲鳳閣侍郎以最爲眉州刺史遷爲益州

長史未行而卒有子一人不能歸遂家焉自是眉始有蘇氏故眉之蘇皆宗益州長史味道趙郡之蘇皆宗并州刺史章扶風之蘇皆宗平陵侯建河南河内之蘇皆宗司寇忿生而凡蘇氏皆宗昆吾樊昆吾樊宗祝融吴回蓋自昆吾樊至司寇忿生自司寇忿生至平陵侯建自平陵侯建至并州刺史章自并州刺史章至益州長史味道自益州長史味道至吾之高祖其間世次皆不可紀而洵始爲族譜以紀其族屬譜之所記上至於吾之高祖下至於吾之昆弟昆弟死而及昆弟之子曰嗚呼高祖之上不可詳矣自吾之前而吾莫之知焉已矣自吾之後而莫之知焉則從吾譜而益廣之可以至於無窮蓋高祖之子孫家授一譜而藏之其法曰凡嫡子而後得爲譜爲譜者皆存其高祖而遷其高祖之父世世存其先人之譜無廢也而其不及高祖者自其得爲譜者之父始而存其所宗之譜皆以吾譜冠焉其説曰此古之小宗也古者有大宗有小宗傳曰別子爲祖繼別爲宗繼禰者爲小宗有百世不遷

之宗有五世則遷之宗百世不遷者別子之後也宗其繼別子之所自出者百世不遷者也宗其繼高祖者五世則遷者也別子者公子及士之始爲大夫者也別子不得禰其父而自使其嫡子後之則爲大宗故曰繼別爲宗族人宗之雖百世而大宗死則爲之齊衰三月其母妻亡亦然死而無子則支子以其昭穆後之此所謂百世不遷之宗也別子之庶子又不得禰別子而自使其嫡子爲後則爲小宗故曰繼禰者爲小宗小宗五世之外則易宗其繼禰者親兄弟宗之其繼祖者從兄弟宗之其繼曾祖者再從兄弟宗之其繼高祖者三從兄弟宗之死而無子則支子亦以其昭穆後之此所謂五世則遷之宗也凡今天下之人惟天子之子與始爲大夫者而後可以爲大宗其餘則否獨小宗之法猶可施於天下故爲族譜其法皆從小宗凡吾之宗其繼高祖者高祖之嫡子祈祈死無子天下之宗法不立族人莫克以其子爲之後是以繼高祖之宗亡而虛存焉其繼曾祖者曾祖之嫡子宗善宗善之嫡

子昭圖昭圖之嫡子惟益惟益之嫡子允元其繼祖者祖之嫡子諱序序之嫡子澹澹之嫡子位其繼禰者禰之嫡子澹澹之嫡子位曰烏乎始可以詳之矣百世之後凡吾高祖之子孫得其家之譜而觀之則爲小宗得吾高祖之子孫之譜而合之而以吾譜考焉則至於無窮而不可亂也是爲譜之志云爾

族譜後録下篇

蘇氏之先自昆吾以來其最顯者司寇忿生三代之事其聞於今不詳周公作立政而特稱之以教太史其後周室衰司寇之子孫亦曰蘇公遭讒作詩以刺暴公名曰彼何人斯惟此二人見於詩書是以其傳至今自蘇氏入秦而平陵侯建典屬國武始顯遷於趙而并州刺史章益州刺史味道始有聞於世遷於眉而至於今無聞夫是惟譜不立也自昆吾至書之蘇公五百有餘年自書之蘇公至詩之蘇公二百有餘年自詩之蘇公至平陵侯建典屬國武七百有餘年自平陵侯建典屬國武至并州刺史章二百有餘

年自并州刺史章至益州長史味道五百有餘年自益州長史味
道至吾之高祖二百有餘年以三十年而一易世則七十有餘世
世七十有餘世亦容有賢不賢焉不賢者隨世磨滅不可得而聞
而賢者獨有七人七十有餘世其賢者亦容不止於七人矣而其
餘不傳則譜不立之過也故洵旣爲族譜又從而記其所聞先人
之行昔吾先子嘗有言曰吾年少而亡吾先人先世之行吾不及
有聞焉蓋嘗聞其略曰蘇氏自遷於眉而家於眉山自高祖涇則
已不詳自曾祖釿而後稍可記曾祖娶黃氏以俠氣聞於鄉閭生
子五人而吾祖祜最少最賢以才幹精敏見稱生於唐哀帝之天
祐二年而歿於周世宗之顯德五年蓋與五代相終始歿之一年
而吾　太祖始受命是時王氏孟氏相繼據蜀蜀之高才大人皆不
肯出仕曰不足輔仕於蜀者皆其年少輕鋭之士故蜀以再亡至
太祖受命而吾祖不及見也吾祖娶於李氏李氏唐之苗裔太宗
之子曹王明之後世曰瑜爲遂州長江尉失官家於眉之丹稜祖

毋嚴毅居家肅然多才略猶有竇太后柴氏主之遺烈生子五人
其才皆不同宗善宗晏宗昪循循無所毀譽少子宗晁輕俠難制
而吾[illegible]父昪最好善事父母極於孝與兄弟篤於愛與朋友篤於信
鄉閭之人無親踈皆愛敬之娶宋氏夫人事上甚孝謹而御下甚
嚴生子九人而吾獨存善治生有餘財時蜀新破其達官爭弃其
田宅以入覲吾父獨不肯取曰吾恐累吾子終其身田不滿二頃
屋弊陋不葺也好施與曰多財而不施吾恐他人謀我然施而使
人知之人將以我爲好名是以施而尤惡使人知之族叔父玩嘗
有重獄將就逮曰入獄而死妻子以累兄請爲我詷獄之輕重輕
也以肉饋我重也以菜饋我饋我以菜吾將不食而死既而得釋
玩曰吾非無他兄弟可以寄死生者惟子及將歿太夫人猶執吾
手曰盍以是屬子之兄弟矣曰而子賢雖非吾兄弟亦將與之不
賢雖吾兄弟亦將弃之屬之何益善教之而已遂卒卒之歲蓋淳
化五年推其生之年則晉少帝之開運元年也此洵嘗得之先子

玄爾先子諱序字仲先生於開寶六年而殁於慶曆七年娶史氏
夫人生子三人長曰澹次曰渙季則洵也先子少孤喜爲善而不
好讀書晚迺爲詩能白道敏捷立成凡數十年得數千篇上自
朝廷郡邑之事下至鄉閭子孫畋漁治生之意皆見於詩觀其詩
雖不工然有以知其表裏洞達豁然偉人也性簡易無威儀薄於
爲己而厚於爲人與人交無貴賤皆得其歡心見士大夫曲躬盡
敬人以爲諂及其見田父野老亦然然後人不以爲怪外貌雖無
所不與然其中心所以輕重人者甚嚴居鄉閭出入不乘馬曰有
甚老於我而行者吾乘馬無以見之敝衣惡食處之不耻務欲以
身處衆之所惡蓋不學老子而與之合居家不治家事以家事屬
諸子至族人有事就之謀者常爲盡其心反覆而不厭凶年嘗鬻
其田以濟飢者既豐人將償之曰吾自有以鬻之非爾故也卒不
肯受力爲藏退之行以求不聞於世然行之既久則鄉人亦多知
之以爲古之隱君子莫及也以渙登朝授大理評事史氏夫人眉

之大家慈仁寬厚宋氏姑甚嚴夫人常能得其歡以和族人　先公十五年而卒追封蓬萊縣太君洵聞之自唐之衰其賢人皆隱於山澤之間以避五代之亂及其後僭僞之國相繼亡滅　聖人出而四海平一然其子孫猶不忍去其父祖之故以出仕於天下是以雖有美才而莫顯於世及其教化洋溢風俗變改然後深山窮谷之中向者之子孫乃始振迅相與從宦於朝然其才氣則既已不若其先人質直敦厚可以重任而無疑也而其先人之行乃獨隱晦而不聞洵竊懼焉於是記其萬一而藏之家以示子孫至和二年九月　日

大宗譜法

蘇氏族譜小宗之法也凡天下之人皆得而用之而未及大宗也大宗之法冠以別子由別子而列之至於百世而至無窮皆世自爲處別其父子而合其兄弟父子者無窮者也兄弟者有窮者也無窮者相與處則害於無窮其勢不得不別然而某之子某某之

子其則是猶不別也是爲大宗之法云爾故爲大宗之法三世自三世而推之無不及也人設二子而廣之無不載也蓋立法以爲譜學者之事也由譜而知其先以及其旁子弟以傳於後世是古君子之所重而士大夫之所當知也以學者之事不立而古君子之所重與士大夫之所當知者隳廢是學者之罪也於是存之蘇氏族譜之末以俟後世君子有采焉

別子

一世　別子之適子甲

庶子乙

二世　甲之適子丙

庶子丁

乙之適子戊

庶子己

三世　丙之適子庚

庶子辛

丁之適子壬

庶子癸

戊之適子子

庶子丑

己之適子寅

庶子卯

蘇氏族譜亭記

匹夫而化鄉人者吾聞其語矣國有君邑有大夫而爭訟者訴於其門鄉有庠里有學而學道者赴於其家鄉人有為不善於室者父兄輒相與恐曰吾夫子無乃聞之嗚呼彼獨何脩而得此哉意者其積之有本末而施之有次第耶今吾族人猶有服者不過百人而歲時蜡社不能相與盡其歡欣愛洽稍遠者至不相往來是無以示吾鄉黨鄰里也乃作蘇氏族譜立亭於高祖墓塋之西南

而刻石焉既而告之日凡在此者死必赴冠娶妻必告少而孤則老者字之貧而無歸則富者收之而不然者族人之所共誚讓也歲正月相與拜奠於墓下既奠列坐於亭其老者顧少者而歎曰是不及見吾鄉鄰風俗之美矣自吾少時見有爲不義者則衆相與疾之如見怪物焉慄焉而不寧其後少衰也猶相與笑之今也則相與安之耳是起於某人也夫某人者是鄉之望人也而大亂吾俗焉是故其誘人也速其爲害也深自斯人之逐其兄之遺孤子而不卹也而骨肉之恩薄自斯人之多取其先人之貲田而欺其諸孤子也而孝弟之行缺自斯人之爲其諸孤子之所訟也而禮義之節廢自斯人之以妾加其妻也而嫡庶之別混自斯人之篤於聲色而父子雜處讙譁不嚴也而閨門之政亂自斯人之瀆財無厭惟富者之爲賢也而廉耻之路塞此六行者吾徃時所謂大慙而不容者也今無知之人皆曰某人何人也猶且爲之其輿馬赫弈婢妾靚嚴足以蕩惑里巷之小人其官爵貲力足以摇動

府縣其矯詐脩飾言語足以欺罔君子是州里之大盜也吾不敢以告鄉人而私以戒族人焉縣歸於斯人之一節者願無過吾門也予聞之懼而請書焉老人曰書其事而闕其姓名使它人觀之則不知其爲誰而夫人之觀之則面熱内慙汗出而食不下也且無彰之庶其有悔乎予曰然乃記之

嘉祐集卷第十三

嘉祐集卷第十四

趙郡蘇　洵

張益州畫像記

元年秋蜀人傳言有寇至邊軍夜呼野無居人妖言流聞京師震驚方命擇帥　天子曰毋養亂毋助變衆言朋興朕志自定外亂

不作變且中起不可以文令又不可以武競惟朕一二大吏孰爲能處玆文武之間其命往撫朕師乃惟曰張公其其人 天子曰然公以親辭不可遂行冬十一月至蜀至之日歸屯軍徹守備使謂郡縣寇來在吾無爾勞苦明年正月朔旦蜀人相慶如他日遂以無事又明年正月相告留公像于淨衆寺公不能禁眉陽蘇洵言於衆曰未亂易治也既亂易治也有亂之萌無亂之形是謂將亂將亂難治不可以有亂急亦不可以無亂弛是惟元年之秋如器之欹未墜於地惟爾張公安坐於其旁顏色不變徐起而正之既正油然而退無矜容爲天子牧小民不倦惟爾張公爾繄以生惟爾父母且公嘗爲我言民無常性惟上所待人皆曰蜀人多變於是待之以待盜賊之意而繩之以繩盜賊之法重足屏息之民而以碪斧令於是民始忍以其父母妻子之所仰賴之身而弃之於盜賊故每每大亂夫約之以禮驅之以法惟蜀人爲易至於急之而生變雖齊魯亦然吾以齊魯待蜀人而蜀人亦自以齊魯之人待其

身若夫肆意於法律之外以威劫齊民吾不忍爲也嗚呼愛蜀人之深待蜀人之厚自公而前吾未始見也皆再拜稽首曰然蘇洵又曰公之恩在爾心爾死在爾子孫其功業在史官無以像爲也且公意不欲如何皆曰公則何事於斯雖然於我心有不釋焉今夫平居聞一善必問其人之姓名與鄉里之所在以至於其長短大小美惡之狀甚者或詰其平生所嗜好以想見其爲人而史官亦書之於其傳意使天下之人思之於心則存之於目存之於目故其思之於心也固由此觀之像亦不爲無助蘇洵無以詰遂爲之記公南京人爲人慷慨有節以度量雄天下天下有大事公可屬系之以詩曰

天子在祚歲在甲午西人傳言有寇在垣庭有武臣謀夫如雲

天子曰嘻命我張公公來自東旗纛舒舒西人聚觀于巷于塗謂公暨暨公來于于公謂西人安爾室家無敢或訛訛言不祥往即爾常春爾條桑秋爾滌場西人來觀公我父兄公在西囿草木駢

駿公宴其僚伐鼓淵淵西人來觀祝公萬年有女娟娟閨闥閑閑有童哇哇亦旣能言昔公未來期汝弃捐禾麻芃芃倉庾崇崇嗟我婦子樂此歲豐公在　朝廷天子股肱天子曰歸公敢不承作堂嚴嚴有廡有庭公像在中朝服冠纓西人相告無敢逸荒公歸京師公像在堂

○彭州圓覺禪院記

人之居乎此也其必有樂乎此也居斯樂不樂不居也居而不樂不樂而不去爲自欺且爲欺天蓋君子恥食其食而無其功恥服其服而不知其事故居而不樂吾有吐食脫服以逃天下之譏而已耳天之畀我以形而使我以心馭也今日欲適秦明日欲適越天下誰我禦故居而不樂不樂而不去是其心且不能馭其形而況能以馭他人哉自唐以來天下士大夫爭以排釋老爲言故其徒之欲求知於吾士大夫之間者往往自叛其師以求容於吾而吾士大夫亦喜其來而接之以禮靈師文暢之徒飲酒食肉以自

絶於其教嗚呼歸爾父子復爾室家而後吾許爾以叛爾師父子之不歸室家之不復而師之叛是不可以一日立于天下傳曰人臣無外交故季布之忠於楚也雖不如蕭韓之先覺而比丁公之貳則爲愈予在京師彭州僧保聰來求識予甚勤及至蜀聞其自京師歸布衣蔬食以爲其徒先凡若干年而所居圓覺院大治一日爲予道其先師平潤事與其院之所以得名者請予爲記予佳聰之不以叛其師悦予也故爲之記曰彭州龍興寺僧平潤講圓覺經有奇因以名院院始弊不葺潤之來始得隙地以作堂宇凡更二僧而至可保聰聰又合其隣之僧屋若干於其院以成是爲記

極樂院造六菩薩記

始余少年時　父母俱存兄弟妻子備具終日嬉遊不知有死生之悲自長女之夭不四五年而丁毋夫人之憂蓋年二十有四矣其後五年而喪兄希白又一年而長子死又四年而幼姊亡又五年而次女卒至于丁亥之歳　先君去世又六年而失其幼女服未既

而有長姊之喪悲憂慘愴之氣鬱積而未散蓋年四十有九而喪妻焉嗟夫三十年之間而骨肉之親零落無幾逝將南去由荆楚走大梁然後訪吳越適燕趙徜徉於四方以忘其老將去慨然顧墳墓追念死者恐其魂神精爽滯於幽陰冥漠之間而不獲曠然遊乎逍遥之鄉於是造六菩薩并龕座二所蓋釋氏所謂觀音勢至天藏地藏解寃結引路王者置於極樂院阿彌如來之堂庶幾死者有知或生於天或生於四方上下所適如意亦若余之遊於四方而無繫云爾

木假山記

木之生或蘖而殤或拱而夭幸而至於任爲棟梁則伐不幸而爲風之所拔水之所漂或破折或腐幸而得不破折不腐則爲人之所材而有斧斤之患其最幸者漂沉汩没於湍沙之間不知其幾百年而其激射齧食之餘或髣髴於山者則爲好事者取去強之以爲山然後可以脱泥沙而遠斧斤而荒江之濆如此者幾何不

爲好事者所見而爲樵夫野人所薪者何可勝數則其最幸者之中又有不幸者焉予家有三峯予每思之則疑其有數存乎其間且其蘖而不殤拱而不夭任爲棟梁而不伐風拔水漂而不破折不腐不破折不腐而不爲人所材以及於斧斤出於湍沙之間而不爲樵夫野人之所薪而後得至乎此則其理似不偶然也然予之愛之則非徒愛其似山而又有所感焉非徒愛之而又有所敬焉予見中峯魁岸踞肆意氣端重者有以服其旁之二峯二峯者莊栗刻峭凜乎不可犯雖其勢服於中峯而岌然決無阿附意吁其可敬也夫其可以有所感也夫

老翁井銘

丁酉歲余卜葬亡妻得武陽安鎮之山山之所從來甚高大壯偉其末分而爲兩股回轉環抱有泉坌然出於兩山之間而北附右股之下畜爲大井可以日飲百餘家卜者曰吉是在葬書爲神之居蓋水之行常與山俱山止而泉冽則山之精氣勢力自遠而至

者皆畜於此而不去是以可葬無害他日乃問泉旁之民皆曰是爲老翁井問其所以爲名之由曰往數十年山空月明天地開霽則常有老人蒼顔白髮偃息於泉上就之則隱而入於泉莫可見蓋其相傳以爲如此者久矣因爲作亭於其上又甃石以禦水潦之暴而往往優游其間酌泉而飲之以庶幾得見所謂老翁者以知其信否然余又閔其老於荒榛巖石之間千歲而莫知也今乃始遇我而後得傳於無窮遂爲銘曰

山起東北翼爲南西涓涓斯泉坌溢以瀰斂以爲井可飲萬夫汲者告我有叟於斯里無斯人將此謂誰山空寂寥或嘯而嬉更千萬年自絜自好誰其知之乃訖遇我惟我與爾將遂不泯無溢無竭以永千祀

王荆州畫像贊

太山崇崇東海滔滔蟠爲山東公惟齊人齊方千里而吾獨見公公在荆州或象其儀白鬚紅顔謂公方壯公生辛丑天子之老誰

謂公老其戚栢栢鎮天子之南邦

吴道子畫五星賛

世稱善畫曹與張繇墻破紙爛兵火所燒至于有唐道子姓吴獨稱一時蔑張與曹曆歲數百其有幾何或鑱于碑以獲不磨吾世貧窶非有富豪堂堂五行道子所摹歲星居前不武不挑求之古人其有帝堯盛服佩劒其容昭昭熒惑惟南左弓右刀赫烈奮怒木石焚焦震恒下土莫敢有驕崔崔土星瘦而長腰四方遠遊去如飛飆倏忽萬里遠莫可招太白惟將宜其壯夫今惟婦人長裾飄飄抱撫四弦如聲嘈嘈辰星北方不麗不妖執筆與紙凝然不囂翫雖非今人昏傳黒膏惟是五星筆勢莫高昔始得之爛其生綃及今百年墨昏而消愈後愈遠知其若何吾苟不言是亦不遺

仲兄字文甫説

洵讀易至渙之六四曰渙其羣元吉曰嗟夫羣者聖人所欲渙以混一天下者也蓋余仲兄名渙而字公羣則是以聖人之所欲解

散滌蕩者以自命也而可乎他日以告兄曰予可無爲我易之洵曰唯既而曰請以文甫易之如何且兄嘗見夫水之與風乎油然而行淵然而留渟洄汪洋滿而上浮者是水也而風實起之蓬然而發乎大空不終日而行乎四方蕩乎其無形飄乎其遠來既往而不知其迹之所存者是風也而水實形之今夫風水之相遭乎大澤之陂也紆餘委蛇蜿蜒淪漣安而相推怒而相凌舒而如雲蹙而如鱗疾而如馳徐而如徊揖讓旋辟相顧而不前其繁如縠其亂如霧紛紜鬱擾百里若一汨乎順流至乎滄海之濱滂薄洶涌號怒相軋交横綢繆放乎空虛掉乎無垠横流逆折潰旋傾側宛轉膠戾回者如輪縈者如帶直者如燧奔者如焰跳者如鷺投者如鯉殊狀異態而風水之極觀備矣故曰風行水上渙此亦天下之至文也然而此二物者豈有求乎文哉無意乎相求不期而相遭而文生焉是其爲文也非水之文也非風之文也二物者非能爲文而不能不爲文也物之相使而文出於其間也故此天

下之至文也今夫玉非不温然美矣而不得以爲文刻鏤組繡非不文矣而不可與論乎自然故夫天下之無營而文生之者唯水與風而已昔者君子之處於世不求有功不得已而功成則天下以爲賢不求有言不得已而言出則天下以爲口實烏乎此不可與他人道之唯吾兄可也

名二子説

輪輻蓋軫皆有職乎車而軾獨若無所爲者雖然去軾則吾未見其爲完車也軾乎吾懼汝之不外飾也天下之車莫不由轍而言車之功者轍不與焉雖然車仆馬斃而患亦不及轍是轍者善處乎禍福之間也轍乎吾知免矣

送石昌言使北引

昌言舉進士時吾始數歲未學也憶與羣兒戲先府君側昌言從旁取棗栗啖我家居相近又以親戚故甚狎昌言舉進士日有名吾後漸長亦稍知讀書學句讀屬對聲律未成而廢昌言聞吾廢

學雖不言察其意甚恨後十餘年昌言及第第四人守官四方不相聞吾以壯大乃能感悔摧折復學又數年游京師見昌言長安相與勞苦如平生歡出文十數首昌言甚喜稱善吾晚學無師雖日爲文中甚自慚及聞昌言說乃頗自喜今十餘年又來京師而昌言官兩制乃爲 天子出使萬里外強悍不屈之虜建大旆從騎數百送車千乘出都門意氣慨然自思爲兒時見昌言先府君旁安知其至此富貴不足怪吾於昌言獨有感也丈夫生不爲將得爲使折衝口舌之間足矣往年彭任從富公使還爲我言既出境宿驛亭聞介馬數萬騎馳過劍槊相摩終夜有聲從者怛然失色及明視道上馬迹尚心掉不自禁凡虜所以夸耀中國者多此類中國之人不測也故或至於震懼而失辭以爲夷狄笑嗚呼何其不思之甚也昔者奉春君使冒頓壯士大馬皆匿不見是以有平城之役今之匈奴吾知其無能爲也孟子曰說大人者藐之况於夷狄請以爲贈

丹稜楊君墓誌銘

楊君諱某字某世家眉之丹稜曾大父諱某大父某父某皆不仕君娶某氏女生子四人長曰美琪次曰美琳次曰美珣其幼美球美球嘗從事安靖軍余遊巴東因以識余嘉祐二年某月某日君卒享年若干四年十一月某日葬于某鄉某里將葬從事來請余銘以求不泯于後余不忍逆蓋美琳先君之喪一月而卒美琪美珣皆志於學而美球既仕於朝銘曰

歲在己亥月在子培高穴深託后土夫子骨肉歸安此生有四息三哭位後昆如雲不勝記其後豈不富且貴囑余作銘賴其季更千萬年豈不偉

祭史彥輔文

嗚呼彥輔胡爲而然胡負於天誰不壽考而於彥輔獨嗇其年誰不富貴使終賤寠誰無子孫詵詵戢戢滿眼蚳蝝於天何傷獨愛一孺使殞其傳憺憺其帷其下惟誰有童未冠彥輔從子帶經而

哭稽顙來前天高茫茫慟哭不聞誰知此冤輟哭長思念初結交東定寶元子以氣豪縱橫放肆隼擊鵰騫奇文怪論卓若無敵悚怛旁觀憶子大醉中夜過我狂歌叫讙子不喜酒正襟危坐終夕無言他人竊驚宜若不合胡爲甚歡嗟人何知吾與彦輔契心忘顔飛騰雲霄無有遠邇我後子先擠排澗谷無有險易我溺子援破窗孤燈冷灰凍席與子無眠旅遊王城飲食寤寐相恃以安慶曆丁亥詔策告罷予將西轅慨然有懷吾親老矣甘旨未完往從南公奔走乞假遂至于虔子時亦來止于臨江繫馬解鞍愛弟子凝倉卒就獄舉家驚喧及秋八月予將北歸亦既具船有書晨至開視驚叫遂丁大艱故鄉萬里泣血行役敢期生還中涂逢子握手相慰曰無自殘旅宿塊驚中夜起行長江大山前呼後應告我無恐相從入關歸來幾何子以病廢手足若孿我嘉子心壯若鐵石益固而堅瞋目大呼屋瓦爲落聞者竦肩子凝之喪大臨嘔血傷心破肝我遊京師强起來餞相顧留連我還自東二子喪母歸

懷辛酸子病告革奔走徃問醫云巳難問以後事口不能語悲來塞咽遺丈遂堂葉為子收拾以葺以編我如不朽千載之後子名長存嗚呼彥輔天實喪之予哭寢門白髮斑斑疾病来加卧不能奔哭書此文命軾徃奠以慰斯䰟尚饗

祭任氏姊文

昔我曾祖子孫滿門姊之先人實惟其孫不幸而亡又不有嗣後世饗祀其託在姊祭於女家聞者欷歔姊不永存後益以疎姊之未亡洵作族譜昆弟諸子可以指數念姊之先其後為誰周族反覆不見而悲悲其早喪其姊壽考春秋薦獻終姊之老今姊永歸遂及良人皆葬于原送哭酸辛姊之子孫恭愿良謹當有達者以塞此恨跪讀此文告以無憾鬼神有知尚克來鑒

祭亡妻文

嗚呼與子相好相期百年不知中道弃我而先我徂京師不遠當還嗟予之去曾不須臾子去不返我懷永哀反覆求思意子復回

人亦有言死生短長苟皆不欲爾避誰當我獨悲　曰殃有
了六人今誰在堂唯軾與轍僅存不亡咻呴撫摩既冠既昏教以
學問畏其無聞晝夜孜孜孰知子勤提攜東去出門遲遲今徃不
捷後何以歸二子告我毋氏勞苦今不汲汲柰後將悔大寒酷熱
崎嶇在外亦既薦名試于南宮文宇煒煒歎驚羣公二子喜躍我
知毋心非官寔好要以文稱我今西歸有以藉口故鄉千里期毋
壽考歸來空堂哭不見人傷心故物感涕殷勤嗟予老矣四海一
身自子之逝內失良朋孤居終日有過誰箴昔予少年遊蕩不學
子雖不言耿耿不樂我知子心憂我泯沒感歎折節以至今日嗚
呼死矣不可再得安鎮之鄉里名可龍隷武陽縣在州北東有蟠
其丘惟子之墳鑿爲二室期與子同骨肉歸土魂無不之我歸舊
廬無有改移魂兮未泯不日來歸

祭姪位文

嘉祐五年六月十四日叔洵以家饌酒果祭于亡姪之靈昔汝之

生後余五年余雖汝叔父而幼與汝同戲如兄弟然其後余日以長汝亦以壯大余適四方而汝留故園余既歸止汝乃隨汝仲叔旅居東都十有三歲而不還今余來東汝遂溘然至死而不救此豈非天耶嗟夫數十年之間與汝出處參差不齊曾不如其幼之時方將與汝旅于此汝又一旦而歿人事之變何其反覆而與人相違嗟余伯兄其後之存者今日以往獨汝季弟與汝之二孺此所以使余增悲也汝歿之五日汝家將殯汝于京城之西郊魂如有知於此永別尚饗

祭史親家祖母文

嗟人之生其久幾何百年之間逝者如麻反顧而思可泣以悲夫人之孫歸于子轍自初許嫁以及今日昊天不弔禍難荐結始自丁亥天崩地拆 先君歿世亦及近歲子婦之母亦以奄棄頻遭荼毒謂亦止此誰知于今乃或有甚室家不祥死而莫救及于夫人亦罹此咎子喪其妣婦喪祖母誰謂人生而至於是嘆嗟傷心悲

不能止。

議修禮書狀

右洵先奉 敕編禮書後聞臣寮上言以爲 祖宗所行不能無過差不經之事欲盡芟去無使存録洵竊見議者之説與 敕意大異何者前所授 敕其意曰纂集故事而使後世無忘之耳非曰制爲典禮而使後世遵而行之也然則洵等所編者是史書之類也遇事而記之不擇善惡詳其曲折而使後世得知而善惡自著者是史之體也若夫存其善者而去其不善則是制作之事而非職之所及也而議者以責洵等不已過乎且又有所不可者今 朝廷之禮雖爲詳備然大抵往往亦有不安之處非特一二事而已而欲有所去焉不識其所去者果何事也既欲去之則其勢不得不盡去盡去則禮缺而不備苟獨去其一而不去其二則適足以爲抵捂齟齬而不可齊一且議者之意不過欲以掩惡諱過以全臣子之義如是而已矣昔孔子作春秋惟其惻怛而不忍言者而後

有隱諱盖桓公薨子般卒没而不書其實以爲是不可書也至於
成宋亂及齊狩蹐僖公作丘甲用田賦丹桓宮楹刻桓宮桷若此
之類皆書而不諱其意以爲雖不善而尚可書也今先世之所行
雖小有不善者猶與春秋之所書者甚遠而悉使洵等隱諱而不
書如此將使後世不知其淺深徒見當時之臣子至於隱諱而不
言以爲有所大不可言者則無乃欲益而反損歟公羊之說滅紀
滅項皆所以爲賢者諱然其所謂諱者非不書也書而迂曲其文
耳然則其實猶不没也其實猶不没者非以彰其過也以見其過
之止於此也今無故乃取先世之事而没之後世將不知而大疑
之此大不便者也班固作漢志凡漢之事悉載而無所擇今欲如
之則先世之小有過差者不足以害其大明而可以使後世無疑
之之意且使洵等爲得其所職而不至於侵官者謹具狀申從
參政侍郎欲乞備録聞奏

嘉祐集卷第十四

嘉祐集卷第十五

趙郡蘇洵

雜詩

雲興于山

雲興于山霿霿爲霧霧匪山不仁天實不顧山川我享爲我百訴豈不畏天哀此下土班班鳴鳩穀穀晨號天乎未雨余不告勞誰爲山川不如羽毛

有驥在野

有驥在野百過不呻子不我良豈無他人縶我于廄乃不我駕遇我不終不如在野禿毛于霜寄肉于狼窟彼我傷寧人不我顧毋子我忘

有觸者犢

有觸者犢再箠不却爲子已觸安所置角天實畀我子欲我所爲盡奪我有子欲不觸盡尔之笠

朝日載昇

朝日載昇薨薨伊氓于室有績于野有耕于塗有商于邊有征天生斯民相養以寧嗟我何為踽踽無營初孰與我今孰主我我將徃問安所處我

我客至止

我客至止我逆于門來升我堂來飲我罇羞[illegible]不時署我不勤求我何多講辭不能客謂主人唯子我然求子之多責子之深朔子于賢

顏書

任君北方來手出邠州碑為是魯公寫遺我我不辭魯公實豪傑慷慨忠義姿憶在天寶末變起漁陽師猛士不敢當儒生橫義旗感激數十郡連衡闘羌夷新造勢尚弱胡為力未衰用兵竟不勝歎息真數奇杲兄死常山烈士淚滿頤魯公不死敵天下皆熙熙柰何不愛死再使踏鯨鰭公固不畏死吾實悲當時緬邈念高誼

惜哉我生遲近日見異說不知作者誰云公本不死此事亦已奇

或云公尸解辟見殺而實不死大抵天下心人人屬公思加以不死狀慰此苦歎

悲我欲哭公墓莽莽不可知愛其平生迹往往或子遺此字出公

手一見減歎咨使公不善書筆墨紛訛癡思其平生事豈忍棄路

岐況此字頗怪堂堂偉形儀駿極有深穩骨老成丈離點[illegible]適應

和關連不相違有如一人身鼻口耳目眉彼此異狀貌各[illegible]結

維離離天上星分如不相持左右自綴會或作斗與箕骨[illegible]

重安置無欹危篆鼎兀大腹高屋無弱楣古器合尺度法物

規想其始下筆莊重不自畀虞柳豈不好結束[illegible]羈肇[illegible]

俗膚手尚敢窺自我見此字得紙無所施一[illegible]木[illegible]

為團圍彼明月欲畫形終非誰知忠義心餘[illegible]及斯因

紙使我重嘆嘻

歐陽永叔白兔

飛鷹椅平原禽獸亂衰草蒼茫就擒執顛倒莫能保白兔

歎息愛其老獨生遂長栒野性始驚矯貴人纖鈎箭
誰知山林寬穴處頗自好高颷動槁葉群竄迹如掃異[illegible]
照野明㬥㬥高獵夫指之笑自匿苦不早何當騎蜣蜋盡枒[illegible]

苔二任

魯人賤夫子嗚丘指東家當時雖未遇弟子已如麻奈何鄉閭
曾不為歎嗟區區吳越間問骨不憚遐昔見反下陸海人坐[illegible]
嗟我何足道窮車出無車昨者入京洛文章彼人誇故舊[illegible]
聞之笑呀呀獨有兩任子知我有足嘉遠遊苦相念長篇[illegible]
我道亦未尔子得無增加貧窮已衰老短鬓垂鬖鬖重祿無[illegible]歎
思治山中畬往歲栽苦竹細密如蒹葭庭前三小山本為山中楂
當前鑿方池寒泉照谽谺翫此可竟日胡為踏朝衙何當子來會
酒食相邀遮願為久相敬終始無疵瑕閑居各無事數來飲流霞

丙申歲余在京師鄉人陳景回自南來棄其官得太子中
允景回舊有地在蔡今將治園囿於其間以自老余嘗有

意於嵩山之下洛水之上買地築室以爲休息之館而未
果今景回欲余詩遂道此意景回志余言異日可以知余
之非戲云尔

岷山之陽土如腴江水清滑多鯉魚古人居之富者衆我獨厭倦
思移居平川如手山水戚戚恐我後世鄙且愚經行天下愛嵩嶽遂
欲買地居妻孥睛原漫漫望不盡山色照野光如濡民生[illegible]
天扎衣冠棠堂偉丈夫吾今隱居未有所更後十載不可
猒蜀樂上蔡占地百頃無邊隅草深野闊足獄兔水種陸
物誰知李斯顧秦寵不獲牽犬追黃狐今君南去已足老[illegible]
少當吾廬

憶山送人

少年喜奇迹落拓鞍馬間縱目視天下愛此宇宙寬山川千
浩然遂忘還岷峨最先見晴光猒西川遠望未及上但愛
大雪冬没脛夏秋多蛇蚖乘春乃敢去爾負攀犀[illegible]

左右虢虒榛陰崖雪如石迫暖成高灡經日到絶一作巨
自恐不得下撫膺忽長嘆坐定聊四顧風色非人寰卻以
垂手撫百山臨風弄襟袖飄若風中仙揭來荆渚談笑今
峽山無平岡峽水多悍湍長風送輕帆瞥過難詳觀其間
巫廟十數巔聳聳青玉幹折首不見端其餘亦詭怪土老此
長江渾渾流觸齧不可攔苟非峽山壯浩浩無隅邊恐是也
特使險且堅江山兩相値後世無水患水行月餘日泊舟
爛漫走塵土耳囂目聡昏中路逢漢水亂流愛清瀾道途
洗濯無瑕痕振鞭入京師累歲不得官悠悠故鄉念中夜成
五噫不復留馳車走轘轅自是識嵩岳蕩蕩容貌尊不入衆
體如鎮中原幾日至華下秀色碧照天上下數十里映嶁青巒
邐邐見終南魁岸蟠長安一月看山岳懷抱斗以騫漸漸大此盡
倚山棧貧緣下瞰不測溪石齒交戈鋋虛閣怖馬足險崖塞云府
左山右絶澗中如一繩壓儌覗駐鞍巒不忍驅以鞭累累斷絶羊

兀不相屬聯背出或逾峻遠孜鶩如爭先或時度岡領下馬
怪事看愈好勤劬變青歡行上劍閣勉強踵不前矯首
漫漫但青煙及下鹿頭坂始見平沙田歸來顧妻子壯抱難
遂使十餘載此路常周旋又聞吳越中山明水澄鮮百金買
往意不自存投身入廬岳首拖瀑布源飛下二千尺強烈下
餘潤散爲雨遍作山中寒次入二林寺遂獲高僧言問以
導我同躋攀逾月不倦厭巖谷行欲殫下山復南邁不
五嶺望可見欲往苦不難便擬去登玩因得窺群蠻此
歸抱愁煎煎到家不再出一頓俄十年昨聞廬山郡太守
往求與識面復見山鬱蟠絕壁攢三方有類火燄鑠包裹
倚之爲長垣大抵蜀山峭巉刻氣不温不燠嵩華背氣色
吳君潁川秀六載爲蜀官簿書苦爲累天鵠困籠樊峨
峨眉亦南揵黎雅又可到不見宜悒然有如食燕脂牛過
始謂泛峽去此約今又愆只有東北山依然送歸 奇

此可著意看

上田待制詩

日落長安道大野渺荒荒吁嗟秦皇帝安得子
小民十尺長耕田破萬頃一穗粟柱欂少年大
勇力不自驕頗能啗乾糧天意此有謂故使走
累累鬭兩剛方今正似此猛士強如狼跨馬刀
脫甲森不顧袒裼搏敵場嗟彼誰治此踧踧不其當當
無戎不朝王田侯本儒生武略今洸洸右手握麈尾指亡
郡國遠浩浩邊鄙有積倉秦境古何在秦人多戰傷此事
此非將何償得此報天子爲侯歌之章

途次長安上都漕傳諫議

丈夫正多念老大自不安居家不能樂忽忽思中原慨然弃
劫劫道路間窮山多虎狼行路非不難昔者倦奔走閉門歲
蠶穀聊自給如此已十年緬懷當今人草草無復閑坐卧周

芒刺實在肩布衣與食肉幸可交口言默默不以告未可
驅車入京洛藩鎮皆達官長安逢傳侯願得說肺肝貧窶
不復苦自嘆富貴不足愛浮雲過長天中懷邈有念懺悔
世俗不見信排斥僅得存昨者東入秦大麥黃滿田秦氏
爲君喜不眠禁軍幾千萬仰此填其咽西蕃久不亨甚山
士飽可以戰吾寧爲之先傅侯君在西天子憂東藩惱
何策安西邊傳侯君謂何明日將東轅

答陳公美

少壯事已遠舊交良可懷百年能幾何十載下之
游處了無猜飲食不相捨談笑久所陪拜君
齒髮俱未老未至衰與頹我子在襁褓君猶
爲吏天一涯我又厭奔走遠引不復來歲月
況從與君別多年歲若排心力不能救衰亡
如吾善無才君亦已有嗣骨目秀且佳人

者本不出豪家傑苦見咍嚮嚮自不樂
東走廢巔崖不共心君在此得奉笑與談君
我老應可徑白髭生兩鬢新句辱先贈古
故舊每所乖作詩報嘉貺亦聊以相催
又荅陳公美三首
仲尼魯司寇官職亦已優從祭肉不及戴冕去
爲肉誠可羞君子意有在衆人但紛怨尤置之往
仲尼爲羣婢一走十四年荀卿老不出五十千諸
豈其陷狂顛出處固無定不失稱聖賢彼亦誠自
公孫昔放逐牧羊滄海濱勉強聽鄉里垂老西遊奈自
徒爲久辛勤君子豈必隱孔孟皆旅人
送李才元學士知邛州
貧賤羞妻子富貴樂鄉關不見李夫子得意今西還白
紅旌照蜀山歸來未解帶故舊已滿門平生漫遊處樁者

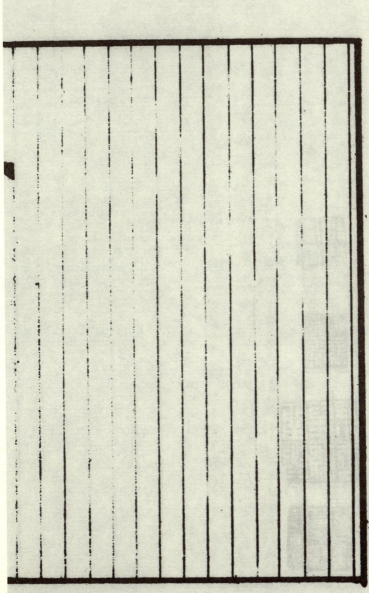

癸酉四月十四日有書友攜此宋刻嘉祐集示余索直白鏹四十金
云出自松江故家余一見稱異刻本之精印本之爽在宋本中可為
希有雖首尾略缺諸藏書家圖記已鈐于缺少處崑山徐氏
收得時即如是則缺失已久瑕不掩瑜惜麻頭金盡弗敢過
而問焉反書友持去因檢舊藏蔣篁亭校宋本核之方知
所據即是本末句缺失篁亭注明卷首朱筆校改第七
卷目錄起乃悔當時未及留一對勘也復又携來取第十
一卷中第七葉校云宋本作數月顧千里以為不可解借余校本識後語與此宋刻對
數月二字作年蓋覆本訛數年為數月蔣校宋作數年而
涉筆偶誤仍寫年為月耳益見宋本之可寶而校本之不足
恃如此余遂有欲得意適外來有至蘇購書者欲得宋元

人集余輟重出本屬書友往懇其求固爲貶損以就之而是書亦以他人還價未至物主允降價相就竟成交易書直未酬據爲己有再取蔣校本一一勘之無不脗合宋刻中有墨筆所改所增者皆蕘亭筆卷四中遠慮篇故後世不得見耳校云耳或改其非是此舊時人校改皆蕘亭以爲非惟親見宋刻又先得校本故得互相證明古書授受源流親切如是余於翰墨因緣抑何深耶通體塗抹尚爲宋人讀本標舉眼目遇宋諱皆以朱筆圈其字亦足證版刻之前故所避不廣良相者以爲大癡非真知宋本之妙者至于書之由來唯傳是樓物猶可指證其目云宋板蘇明允嘉祐集十五卷四冊今本悉符云

案卷十三蘇氏族譜乎洵下宋本爲妄人增軾轍二字皆蕘亭未及細審校去從宋本增當誤蕘非親見宋刻何由知之彼本之不如案宋本明可見矣

嘉慶十八年四月十八日黄丕烈書于百宋一廛
越日晨起盥後閲知前跋多誤字三行缺少當作
缺失六行末句當作末卷十二行因爲當作過爲昨晚
書畢燭已見跋未及細閲因此致誤乃悟箋亭校誤亦出無
心也復翁又識時雨甚天陰薔薇一架落紅繽紛新緑掩
映幽牕麥宗清味如是

越歲丙子仲春六日日晨起無聊偶檢及此
覺古色古香久而彌著跋語精詳出之源流
洞悉無遺半生心血略盡于此矣重展慨然